香港城市大學中文及歷史學系
創系十週年叢書
12

# 城市微縮

## 香港城市大學學生文學創作集

潘步釗、陳志堅　主編

中華書局

# 香港城市大學中文及歷史學系
# 創系十週年叢書總序

客人來訪，都説香港城市大學方便，以其連接交通樞紐，毗鄰購物商場。商場被學生戲稱為「白區」，從白區穿越時光隧道，通過紅門，進入紫綠藍黃紅區，便是大學。的確，校園商場，幾近無縫接軌，大學在城市之中，城市也在大學之內。在大學的某個角落，有一個「中文及歷史學系」，師生們也在埋首研究和書寫城市。中文及歷史學系由創系系主任李孝悌教授建立之初，即以中國口岸城市研究為主要發展方向。光陰荏苒，轉眼十年，是時候交些功課，本輯「創系十週年叢書」，即立意於此。

我們去年年末邀請一些同仁為叢書撰著，今秋陸續收成，發現大家竟不謀而合地皆論及或立足於城市，且古今相投，前後呼應。古代方面，有兩千多年前的楚都紀南城（沈德瑋），千多年前的長安與上黨（呂家慧）、寧波和日本福岡與奈良（李怡文）。近代方面，有兩本不約而同地以十九至二十世紀的香港為主題（程美寶、陳學然），但一旦講到香港，便不得不論及鄰近城市。有兩本分別追溯蕭紅在哈爾濱和上海（劉東）、饒宗頤在新加坡（楊斌）的人生軌跡，但這兩位主角最終都魂歸香港。二十、二十一世紀之交，人類學家（曹南來）遠赴巴黎、羅馬，尋覓的卻是溫州的身影。即便是文學創作，兩位作家（馬家輝、陳志堅）既生於斯長於斯，自然亦從香港出發，或在九龍碰上李小龍，或到上海尋覓魯迅。

倘若讀者覺得老師們的文筆太老氣橫秋，不妨來點「小清新」，讀讀城大本科生的文學創作——特別感謝潘步釗博士和陳志堅博士兩位中學校長為本系開設文學課程，給學生悉心指導，並多年擔任本系主辦的「城市文學獎」顧問和評判。二人合編《城市微縮》，收入本系和城大其他學系本科和碩士生的散文作品，他們對同學的讚許和鼓勵，想必比本校老師更為中肯。同時要感謝的，是本系同事范家偉，他編輯《鑽燧薪傳》，收入多年來碩博士在讀和畢業生的學術論文，邀請校外人士評審，敦促同學改進，一如既往地為學系的研究生教育嚴格把關。

同事們平日在辦公室大部分時間都埋首書齋，即便在走廊碰面，也只是匆匆點頭問好，隨即返回自己的天地，所謂君子之交是也。師生在課室相見，花開花落，又是一個畢業季，又是一個開學日，都未必記得彼此的名字。同事師生間的相識與相遇，儼如城市行人擦身而過，份屬隨緣。猶幸的是，「叢書」將接近五十位作者和編者通過文字和出版聯繫在一起，有史學有文學，由考古學到人類學，自戰國時代至二十一世紀，給讀者呈獻一趟歷經古今中外數十個城市的超時空之旅。各部作品體例不同，寫作風格有異，但都不會因為篇幅短小便顯得內容膚淺，而是盡量做到言之有物。讀者若能從叢書序號 1 讀起，一本一本讀到第 12 號，浸沉在昔日都城的繁華盛世，看到它們煙飛灰滅或今不如昔，則對自身有生之年所目睹的城市興衰，不會感到不解或感傷。最後讀到年輕人的寫作，聆聽他們對城市的觀察與隨想，理解他們在微縮的時空裏，如何把文字化作一道掌風，對抗遺忘，最終夢遊至那「不存在的城」，也許便是希望所在，亦算是我們出版本叢書的一個不經意的成果。

程美寶、陳學然 謹識

2024 年秋冬之際，深水埗與九龍塘之間

# 目錄

## 關係的距離



## 生活的起頭

# 序一　潘步釗博士

## 記得那年花下

對於一個高濃度的城市，我生長於斯，許多事情都不容易遺忘。微觀，除了是空間的理解，也是時間的觀照。近兩年，我在系內任教「香港文學」，總不忘提醒同學要真正認識香港文學，必須要知道香港作為神州大地的一個南陲小島，過去一個世紀，怎樣在風雲變幻的近代史中，夾在東西左右、古今雅俗的眾多夾縫中，成就自己獨特的城市面貌與圖譜。

只是，要用文字寫自己的城市，這樣的青春、這樣的目光，還是必須。於是我也在思索自己曾擁有的來去日常。終於，記得那年花下，月一樣圓，風一樣輕，文學一樣處處撩動年青的情思心靈。此刻翻檢，文集中許多作者都曾在我的課堂上，笑語相浮，陡然轉身，文藝思情卻原來濤湧濺溢——依稀可辨，我記得也認得。那年花下，謝娘解語，解語的是文心情思的往還來贈，是詩情的私密，只要有青春，就可以席捲而來，即使我們此刻偶然高坐講壇，也只好捋鬚頷首，尊重欣賞。

至於城市，是詩人筆下意象，詩心何處，宛轉隨形；存在倫常之外，也滲透成為情感家常，只要有愛就會精彩。讀集子中同學的文章，不論是出生成長於此地，還是為了問學或移居南來，總泛滿城市觀察與感觸聯想，有些句子直接鮮明又宛轉低迴，令人觸動：「我總想用力記住在香港親歷的一切」（〈兩棵鳳凰木的距離——從南山村到淺水灣〉）、「彷彿是意外闖進了大都市中一條隱藏的時光隧道」（〈邂逅摩羅街〉）、「缺半的彎月獨自懸掛於頂端，用幽幽的目光凝視着這座遙遠而不可及的城」（〈海濱〉）、「陌生土地上所有和故鄉重疊的部分都顯得殘忍至極，而由這種熟悉而陌生氣息帶來的回憶因為難以再現而令人渴望卻不停地失落」（〈妳我〉）、「猝然不防迎來了一場不停歇的雨，淅瀝淅瀝地下，大海中的船時有沉沒，香港就在大雨之中」（〈大雨、巨浪與錨點〉）……

編刊文集的一大快意，是可以同時進入許多不同作者的文字與情感世界，何況作者們是我的學生——熱愛寫作的年青人。有幸參與主編的工作，出力不多，但換回很好的教育和情感回報。文集中除了收錄中文及歷史學系的同學，還有其他學系中熱愛寫作的同學作品，當中多篇更是近三屆城市文學獎的得獎佳作。當主編，也是讀者的一種，看到青春的寫作熱情，亦看到令人鼓舞的情感筆墨，這些方面，香港城市大學近年努力推動，提升校內創作氛圍與水平，居功不小。作為近三十年前已出版第一本散文集的寫作人，對於大學，特別是中文及歷史學系的這份努力，我欣賞而感激，也令我為有幸能參與編輯這本同學文集而感恩。祝願這本集子是一個美麗的開始，往後日子，同學努力和優秀成績的刊彙，疊迭而來。

# 序二　陳志堅教授

## 微日子

這本作品集出版就如詩，她的意義不下於個人文集，源於學生的寫作靈魂終於重置。

有些時候同學就是無法坐下來好好看書，更遑論寫作。刷手機卻從沒考究天上星星的軌跡，那就會變成沒有視界的螻蟻。毛姆說:「當滿地都是六便士時，有誰抬頭看見月光？」大抵就是這個意思。如果我們都歸咎於生活的無可奈何，自然會產生無話可說的荒涼。有如靈魂拷問，好比王爾德說：「我們都生活在陰溝裏，但仍有人仰望星空。」這個人會是其中的同學嗎？既然天空十分希臘，記憶也很潮濕，其實只要開始關切石頭如何琢磨成光滑的鏡面，也留心眾聲喧嘩將引來怎樣巨大的意義，那末，終會發現原來世界的面積可以很大。

風過水無痕，玻璃夢易碎，然而，在無有紀年的光暈裏，開始有了一群真文青，把寫作看作認真事，慢慢地潛沉在如詩的生活裏，逐步尋找存在的真相。

在欲語還休的瑣碎中尋找個人的姿態，又折射出變幻的軌跡反照自己的青澀與荒蕪，呈現生活的種種存在方式，也就是存在的起頭。然後持續地多跑幾趟寫作行旅，同學也終有天會成為不折不扣的寫作旅人，在各種意義中產生簇新的存在價值。

這幾年任教香港城市大學中文及歷史學系的課程，認識一群追求文藝的青年。其中有人告訴我徹底忘記了對寫作的追尋，寫作已在生活的荒誕中夭折。然後在仲秋與深冬之間，同學又問起我寫作的起頭，然後陸續收到同學的作品，或散文，或小說，或詩。感謝同學把自己重新置於寫作的門庭，接引生活的微觀，省視個人當下的質性而重新發現自我的存有，以文字的光度調校生活，以生活的沉吟引介寫作，重新把寫作視為存在的重要事情，真實且無法掠奪的據點。爾後在文字的真實與世界的虛晃中，再次流淌於誠摯的活脈中，過有意義的微日子。

作品集收錄了城大學生各種書寫，固然當中包括了三屆城市文學獎中城大的獲獎作品，反映城大學生近年的優質出產，成績斐然。而我特別要提出幾位學生的書寫，頗見細膩，又見熱誠。林穎茵〈窗框中的日出〉是我以為寫得最好的作品，細緻而具生活性，頗為耐讀；熊雨佳〈裝模作樣的無神論者〉如生命的重塑，亦見難得；黃日暉〈背帶〉側寫母親，是意料之外的佳作。其他作品各有善處，都是用心之作，不妨一讀。

馬奎斯說：「無論走到哪裏，都該記住，過去都是假的，回憶是一條沒有盡頭的路，以往的一切春天都無法復原，即使最狂亂且堅韌的愛情，歸根結底也不過是一種瞬息即逝的現實，唯有孤獨永恆。」要能面對孤獨，寫作自然具備療癒作用。故此，我們要用書寫抵抗時間，也可抵抗遺忘。謹此寄語各位同學，繼續活在飄浮書房中，以筆耕為念，繼續書寫自己的微日子。

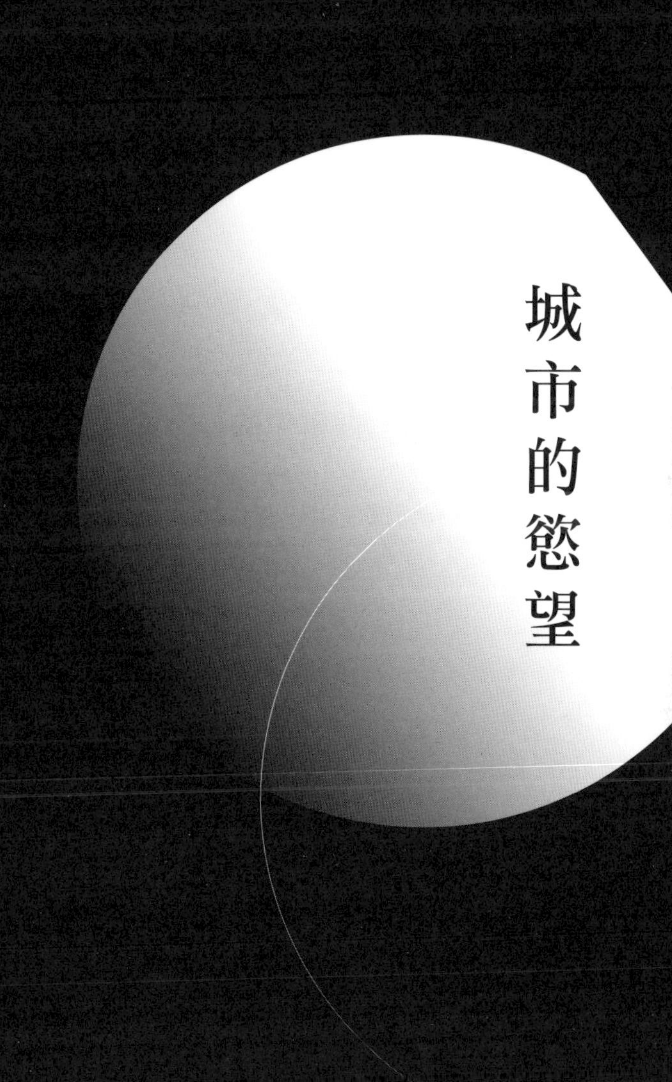

# 城市的慾望

# 窗框中的日出

林穎茵
香港城市大學中文及歷史學系文學士（中文及歷史）

我一直很好奇為甚麼窗框都是方方正正的，把頭枕上去，是令人絕望的冰冷，像個即將落閘的斷頭台，把我那些不切實際的慾念紛紛斬斷。樓下的紅燈聲若有似無地傳到耳畔，愈響愈急促，彷彿在為我的行刑作最後倒數。

書桌就在窗戶旁，側仰着頭向窗外望去，除了高樓還是高樓，視線被放大的大廈遮擋，沒有風景、沒有遠方，可我仍習慣在逃避手上的忙碌時把頭探出窗外，趁着晚風微涼，骨碌着眼珠四周瞧瞧。偷窺的癖好不知從何時而起，偶爾有三兩戶開着燈、沒關窗簾的，便會被我一直窺視着。我趴在窗前，嘴裏含着顆廉價甜膩的檸檬味果汁糖，分泌出大量唾液充滿口腔，托着腮搖着小腿，一看就是數個小時。

左上方那戶應是在播放着那些毫無營養的老套肥皂劇，只見天花板上反映出紅的綠的紫的光不斷交替閃爍，豔麗非常；正上方的好像長期沒有人，好幾次看上去空空蕩蕩的，卻一直開着溫暖的橙燈，我不死心地仰着頭緊緊盯着，可始終只有桌面上那牛頓混沌擺在有規律地不斷擺動，時間就這樣不知不覺地流逝；右下方是一家開在大廈低層的樓上酒家，近窗邊的是一圍可容納十多人的大圓桌，我只能看見那群男女的後腦勺，時而半鞠起身子敬酒夾菜，比那混沌擺還要無聊幾分。

城市中的窗景沒甚麼值得看的，但勝在和諧安逸，四方的窗框透出白的橙的光，或許會有一兩棵綠植纏繞在旁，狹小的空間中沒有精美的裝修、高檔的家具，卻充滿了讓人安心的生活氣息，看着或忙碌或閒暇的身影，總能平復心中的焦慮。

房間的窗戶朝着正西方，正是觀賞日落的好位置，但要在家中房間直接欣賞日落美景，於密集參差的灣仔民居來說似乎是奢侈的異想天開。可我怎樣也不曾想過竟能在此看到一場精心策劃的日出。是的，是日出。

清晨，空氣濕潤黏糊，一道渙散微弱的暖光緩緩蓋上我的臉龐，在軟塌的絨毛上輕柔地掃過。我奮力睜開惺忪的雙眼撐起頭顱一探究竟，竟從一扇半開的窗戶上看到了朝陽，橙紅橙紅的，在那貼着防風膠帶的狹窄的玻璃窗上搖晃着、顫抖着，愈晃愈飽滿、愈豔紅，像是要迸發出整個宇宙似的。來不及多想，我趕忙直起身軀看完這場在玻璃窗上的日出。頃刻，太陽沿着窗框邊慢慢退場，天開始亮了，框中只剩灰濛的藍與殘舊的樓。我沒有窮追不捨，迷迷糊糊間又睡了過去。若非夢中的海市蜃樓，那天的日出應是在精妙的角度與巧合下，於多層折射後，千萬分之一的機率，正好投射至那小小的長方窗框內，放映一輯只有數分鐘的驚人心魄。

連着好幾天，我特意沒有調校窗戶打開的角度，還專程吩咐家人不要動那扇窗，像是戀人間的秘密暗號，希望再跟他來一場曖昧不明的偶遇以試探我們的緣分。可他卻始終沒來赴約。我不甘心，趴在窗框邊的常規活動照舊，但更重要的是研究出能反射日出的角度。於是我試着每天睡前都隨機將窗戶推開至某個順眼的角度，躲進被窩後還要伸着脖子看上幾眼才願睡去。然而待旁邊一棟又一棟老舊的樓宇都逐漸被拆卸，即將建成設計感十足的新酒店與商業大廈，大開的窗戶迎接飛撲而來的塵土，為書桌添上一層薄薄的歷史痕跡，卻始終沒盼來另一次相遇。緣分再續的希望變得愈發渺茫，誰也不知何年何月才能再次在這牢籠中覓得一場窗框中的日出。

應是踏進冬天以後，刺骨的寒風迫使我不得不在睡前把窗戶都一一關上，我遂將此事逐漸淡忘，那看似執着的約定就這樣輕而易舉地敲破。可我沒想過的是，以後喚醒我的，只有凌厲刺眼的燈光。

後來，那些被收購的舊樓紛紛搖身一變，聳立在舊地的是鋪滿整片落地窗的商業大廈，發散着卓爾不群的氣質，無一例外。也不知裝這麼大片玻璃窗是要讓人看些甚麼，是要看清楚對面斑駁的外牆上一層層又厚又掉屑的油漆？還是掛在窗外窗邊隨風擺動的內衣褲？抑或是供我們近距離欣賞你們工作的珍貴機會？它們在這裏格格不入，卻又惹人羨慕，父親看着對面又一棟高高圍起的綠格安全網與棚架，總是半開玩笑地問為甚麼被收購的不是我們大廈。

坐在書桌前，外面都是不分晝夜的建築噪音與盛氣凌人的反光玻璃，四面楚歌，我再也找不回往窗外探索獲得的樂趣與平靜，更不敢奢望微弱的旭陽能抵抗那能照亮我整個房間的大型廣告燈牌。「砰！」—— 我伸手一拉，斷頭台最終在暴力猖獗的打樁聲下轟然下閘，餘溫盡散。

# 城市雲端

陳泳恩
香港城市大學社會科學學士（公共政策與政治）/專業中文副修課程

某日，母親對我說：「我們可以去城市住高樓了」，於是暈暈乎乎的我，跟隨着裝好的大包小包行李，一齊被拋到了這高聳建築上。生疏地看着窗外純潔無物的天空，沒有滿地的落葉和鄰居那隻沾着滿身泥土的大黃狗，直到現在，我仍然有一種飄忽感。

高處的視野的確更為寬廣，別人説我家運氣好，不用和對面兩眼相望，以前的視線僅限於門前的大樹，坑坑洼洼的平地，如今來到這城市高樓頂端能將這附近區域一覽無遺。平時覺得高大的建築也變得格外微小模糊，近視的我需要戴上眼鏡才看得仔細，看得明白。不戴眼鏡的話，外面的世界就像一團帶有雜質的霧團，實際卻是看不清，道不明。雨天的時候，原本我是喜歡開着窗聽着雨聲入睡，可是來到雲端之處，這　道道近在眼前的響雷霹靂嚇得我再也不敢開窗，只得看着霧濛濛的玻璃窗，空中那一陣一陣的閃現，讓我有時也覺得，不戴着眼鏡也挺好的，朦朦朧朧的，不也挺美的。

我原以為選擇高層樓居住便注定與大自然無緣了，可在這小半年的生活中，我卻時不時地聽到陣陣鳥聲唧唧啼叫，以前習慣了這些聲音倒也沒甚麼，可如今這熟悉的聲音出現在這雲霄之境便格外怪異。母親卻習以為常，問其緣由，這才得知是隔壁鄰居豢養的小東西，説是在這呆久了挺悶的，牠們的聲音在這空蕩寂靜的地方不斷盤旋，不斷環繞。

唯一值得慶幸的是，住這浮雲高層應是與蛇蟲鼠蟻一別了。雖然某日，我坐在餐桌用餐時，一隻濃黑油亮的蟑螂大搖大擺地從餐桌靠着的白牆上繞過，也不懼牠面前壯如山膽如鼠的我，頗有些壯士斷腕般決絕地徑直衝到桌上十分誘人的果盤，似要將身體和頭部埋在那金燦燦的香蕉堆中，深吸一口氣，嘆的一聲後便躺在那一動不動，應該是在這誘惑中無可自拔了。

當母親司空見慣地拿紙去捕住那弱小骯髒的軀殼時，卻聽到她説：「牠已經死了。」

我不知道這隻蟑螂是用了多大的力氣爬到這麼高

處，也許牠路上遇到很多障礙，也擁有很多同伴，甚至付出了很多代價。牠終於到達這雲端之處，得到牠所求之物，可是我們卻不費吹灰之力，便把竭力而盡的牠投入了垃圾桶中。

我不理解蟑螂為何竭力來這對牠來説千層樓之處，對我而言，身居高處，與雲為伴，固然心飄飄，可看着地面那道吸人的黑色漩渦，有時也會有一些念頭升出，就像付費在遊樂園裏人擠人半天，最終如願懸在空中的那刻 —— 也許最大的心願，還是想找到一種腳踏實地的感覺。

# 海濱

梁紫茵
香港城市大學中文及歷史學系文學士（中文及歷史）

海濱的記憶，笨拙得跌進指針的迴旋裏，在這虛幻的城市中逐漸迷失。假如說，海是藝術家的感覺，而月亮是詩人的想像，那麼我就是時間所編織的一道傷疤，證明着它是真實地存在的。

剛靠近海邊，空氣變得異常的混濁，溫熱而濕潤，宛如剛灌水的花盆又突遇一場瓢潑大雨，窒息感讓我不由自主地扯開脖子上的衣領。人群來來往往，生活使他們停不下腳步，我沿着這條筆直的人工石路施施而行，腳趾用力抓緊每一步，貪婪地祈求海濱能記得：我曾經來過。後腳跟開始感到微微發麻，但是石路依舊冷漠，不願為我留下一點痕跡。我瞬間感到慌亂，左右環視四周，人們皆匆匆而過，有的大步跑着，有的盯着手機走路，有的並肩對視而行。他們似乎從出生起便屬於這座城裏，沒有人在意這片大地無法保留我們的足跡。我很不甘心，想鑿開這冰硬的石塊，讓黯淡的黑暗露出底部的泥濘，這樣牽牛花的種子便得以綻放。那柔軟的泥土是不會抹去我的痕跡，因為它能讓萬物滋潤成長，只是現在我們將一同被遺忘。

我爬上石壆休息，那膝蓋不爭氣地發出「咯咯」聲，彷彿在嘲笑我的自負。我數學很好，因為它總有個公式可循，然而卻沒有一個公式能計算時間帶來的變幻，於是我在其中失算了。我曾經以為一雙腳，足夠踏遍世間的塵土，尋覓生命中無垠的風景。可是，此刻回應我的只有空氣中漂浮的灰色微粒，以及這海濱的景色，美麗而又渾濁。一陣風吹起，在耳邊蕭蕭作響，將我屏蔽在這海濱之中，把我的思緒翻得雜亂無章。這肆意的風，我試圖去捕捉其中，但也只是感覺到空虛在我指尖間流轉。眺望着遠方，藍天與綠山並接，綠山又與藍海相連，上下連成一線，使雲朵能在海裏游動，天邊的交滙處像是盡頭，卻隱藏着無限的光景。我猜即使這座城市顛倒一百八十度，也不會有太大的變化。可惜啊，可惜了，我眼裏所觸及的只有這片海濱。

夕陽慢慢落下，落到那一座座高聳的黑色大樓身後。這些新建成的建築物散發着令人嚮往的氛圍，與那些只能站在海濱仰望夕陽的人相比，它們能夠提前飽覽這粉橘色的美景。晚霞映照着柔和的粉色，四周再融入些濃烈的橙色，一直延伸去。到天角處，呀！那裏還是黑的。海面波光粼粼，像金子般讓人歡喜，勇敢的人或許會被迷惑，忽略掉大海能吞噬一切的可怕。大船小船都在茫茫大海中獨自航行，船頂的小白燈替他們照亮前路，浮浮沉沉，來來去去，這是它們的一生。海濱把海面和陸地分割開，我與船上的人們遠遠地看望着彼此，平靜的海面沒有泛起記憶的漣漪。一片淡紅的花瓣在風中迷亂起來，最終輕輕落在海面上。船頂的小白燈突然閃爍不停，好像為那花瓣感到惋惜，幸好只是持續片刻，它便恢復了平靜。我目送着一艘艘船闖進黑暗的薄紗網中，白光晃動了幾下。從初時的明亮，漸漸轉為淡弱，最終只剩下一絲透白。我不忍心看到最後，便抬起頭來，唯一的白就是那繚繞的雲霧。我想：不知道它們再次經過這海濱時，我是否還會在這裏？

我不再休息，繼續沿着海濱的石路前進。夜，星星早就被迷霧遮蔽，缺半的彎月獨自懸掛於頂端，用幽幽的目光凝視着這座遙遠而不可及的城。一隻小鳥開心地飛回巢中，枝頭上的雛鳥，它們是懂得城市的好，這裏不存在自然界的捕食鏈。海濱上的燈光璀璨明亮，每隔幾步就有一盞橘色的路燈照亮着路過的行人。正前方的遠處，高樓燈火輝煌，那萬家燈火化作星星點點的繁星，比起這片夜空似乎更加使人着迷。夜裏的城醒了，海濱上的行人愈來愈多，人們都為這五光十色的景象而躁動起來，我卻看得頭暈目眩。海濱上的月亮向我招手，未曾言語。我長嘆了一口氣，我懂得它的意思，抬頭呼應着它的邀約。

我決定與海濱分別，走進附近一條蜿蜒曲折的小路。樹影密密麻麻在兩旁矗立，吸收着泥土的供養，我的影子也在其中愈發壯大，比樹高，比樓闊，一起融入黑夜的朦朧之中。

# 濾鏡下的城門河

褚人偉
香港城市大學中文及歷史學系文學士（中文及歷史）

黝黑粗壯的蟒蛇緩緩流淌，將近在咫尺的陸地硬生撕成兩半，於是目光所及之處，總有兩三條藤蔓似的天橋在牠身上蔓延。夜間的城門河總是稱不上冷清的，濕熱黏稠的微風無時無刻都躁動地撫摸着皮膚上的細毛，催促途人掏出相機，咻咻地訴說着要把良辰美景以數碼的形式永遠記錄下來。然而，肌膚的感觸又豈能被冰冷的機械捕捉呢？拿出手機隨手一拍，又一張潦草的城門河獨照，卻遠比我印象中的它美。定格的城門河總是璀璨、強大而又美麗：絡繹不絕的跑手否定了它的孤獨；路邊的淡黃光球如同繁星點綴了漆黑的夜空；波瀾不驚的幽暗河面展現出它的緩慢沉穩，任由筆直的光柱在它身上畫出一道又一道深刻卻亮麗的傷痕……畫面的供詞並無半點虛言，肉眼所見亦如出一轍，那為何沒有濾鏡的城門河卻顯得格外動人？是我心中的城門河嚴肅得容不下途人摻和？是心和河因與熒幕的距離產生了美妙的陌生。

暮色無情地將這個殘舊的新市鎮籠罩，偶爾拌腳的紅磚只靠零落的淡淡金光點亮。黑夜中探三十步，方能被一束聚光燈照射，城門河卻依舊平淡地流動着，它在為誰流動？人的心激烈地戰兢，身穿的散步汗衫愈發沉重，袖子沿着手臂生長，黑色，是那天沉得讓人喘不過氣的袖衫，低頭才能看到的影子，便是對失敗者獨有的嘲諷。

「還是浸淫在深不見底的河畔罷，好讓傷痛慢慢沉澱。」到處走走似乎是約定俗成的散心方式。河旁的行人路不會聽到離合器的摩擦聲，也感受不到方向盤的厚實觸感，更不用說汽車引擎的跳動，這種聒噪的寧靜，不斷轟炸、提醒着我要忍痛與它們闊別一年。年復一年，城門河又見證我低着頭從駕駛學院空手而回，又是一個黑漆的格子，唾手可得的成功和滾瓜爛熟的經驗再次分崩離析。可謂癲狂，抑鬱的思緒糾纏在胸腔。憤怒？天知道我何時失誤！自責？是我親手讓他們期待落空！噁心？金錢和心血又付諸東流！後悔？可笑！兩次不切實際的投資化為烏有，倒不如把錢扔進城門河裏，起碼後者不會讓任何人被辜負。

沉溺，不是逃避，就讓苦澀的海風把愁緒牽來，讓青黑的鏡面倒映出醜態，讓刺眼的光線聚焦創傷。好好將傷口撕開，才能直視自己的內心，在自問自答中將一早悉知的殘酷答案搬出，用清醒的苦痛抵禦迷惘的苦痛。城門河是將傷疤揭開的大蛇，哄騙人類一次又一次在它身邊環繞去尋求救贖。它在為痛心之人流動，好讓人將直面恐懼的不安拋進歷史洪流沖走，只留下釋懷。

又是一抹光圈，城門河不改從容不迫的態度前進着，它又為何前進？人的心澎湃地跳動，顫抖的身軀將袖衫抖下，只剩貼身的跑衣抵抗逆風，豆大的汗珠預想到要為身體散熱而自動自覺地滲出，眼前永無止境的疏落街燈，便是對追求志向者的懲罰。

「還是衝刺到夜闌人靜的翠榕橋就休息罷，好讓身體慢慢適應。」隨接近變大的建築正是絕佳的參照物。割傷的肺部竟渴求着一口又一口鋭利的空氣，心跳和呼吸聲伴隨着音樂的節拍在耳邊轟隆作響，不惜撕裂肌肉也要邁步向前，為的卻只是儘快在黑暗與光明中穿梭。明知那只是不被任何人承認的渺小成就，卻連指尖也得為了讓軀體向前而在空中奮力飛舞；即使意志被藉口和怠惰不斷拷打，也得謹守那兌現自己承諾的堅持。「不會操勞過度嗎？」「不如停下來喝口水？」「還是明日再努力吧？」每步踐踏大地都能濺起無數放棄念頭，想必「一念三千」正是在形容跑步時的思想鬥爭。辛，是每次喉嚨咽下口水的考驗；苦，是深知無謂捱到終點的忐忑。

練習，是對自己的淬鍊，就讓無窮無盡地延伸的城門河去除內心的雜念，只管趕上一盞又一盞的象徵標距柱的路燈，反正不從它的身上匍匐跨過，你也有家歸不得；兩眼只顧心心念念的路標吧，堅信接連抵達目標的盡頭是一嘗奪冠的滋味；那寬闊的河面上緩步行軍的小浪，不正是催促我追上的好敵手嗎？城門河是嚴格的鐵匠，讓人嘗盡成功前必經的苦楚和磨煉。它在為覺悟之人前進，好讓他們在堅持與放棄之間的掙扎之際有勁敵相伴。

「水變清了，魚卻少了，真沒意思。」老伯的抱怨為奔馳的思緒收韁。他經歷過城門河散發惡臭的時期，定必知道現在這輕鬆平常的清風之珍貴，但對他而言，似乎讓人釣到炫耀本錢的樂趣，才是這城門河存在的原因。照片上的它未見魚兒，我眼中的它亦只覺沉重，不知他心中的城門河，是否正以另一種方式存活呢？

城門河固然無心，駐足者豈會無意？是熟悉的回憶為它蒙上了名為意義的濾鏡：每當我造訪它，便意味着痛心；每次我挑戰它，便象徵了苦楚。是記憶讓它成為了嚴肅的代名詞，好比現代人只有追憶和掃墓才會前往墳場。幸好，似乎任誰都有屬於自己的城門河，它流動的原因也南轅北轍，它不一定是城門河，城門河也不一定是這模樣。即使關掉相機濾鏡也無法將其原貌保留，各有千秋的經驗自然會令它儀態萬千，如同生命之於世人，既不能言傳，也無法意會 —— 它本無意義，你卻能透過自己的濾鏡，為它曼妙的身姿而着迷，或為觸動的經歷而悲哀。我黯淡的城門河流淌着，等待着下一塊濾鏡將它的另一面捕捉。

# 邂逅摩羅街

梁茗莉
香港城市大學中文及歷史學系文學士（中文及歷史）

大三時參加了學校的義工團隊，主要是帶領非本地的同學們深入遊覽香港大小處。經歷幾番討論後，我們小組一致選擇了從上環到中環的路線，而其中之一的景點 —— 摩羅街的介紹工作便落在我的頭上。作為一個對香港也只有粗略認識的本地學生，帶隊前當然要做很多的準備功夫，例如上網查資料、找圖片、提前跟組員們去走幾趟路線等等。

「有緣千里來相會」，摩羅街於我，可算是不見不識，一見鍾情。

要説香港有趣的街道，摩羅街一定榜上有名。「摩羅」一詞，本身便帶有幾分異域色彩。查閱資料發現，摩羅街是殖民管治時期英政府派駐的印度海員和他的家人們聚居的地方，曾經像是一個「小印度」，民居、集市和廟宇一應俱全。而中文「摩羅」一詞源自「嚤囉」，是舊時香港人對印度人的慣稱，一說是由「Musselmen」簡化成「Morra」而稱為「嚤囉」的。回歸後，隨着印度人陸續遷出，街道便逐漸成為售賣各式各樣古董的地方。

摩羅街共分為上下兩街，以摩羅上街為主，當人們深入走進街道中央時，才發現自己早已被兩旁發散着五光十色的古董商店給包裹住了，當中還有一些頗富情懷的小檔攤，桌子上擺滿了琳瑯滿目的「古董」小物件，例如印着「壽」字復古花紋的瓷碗、青銅色帶有點銹跡斑駁的獅子擺件、一尊尊古銅佛像等等……甚至有些商店門口還擺放着仿唐代仕女陶俑迎客，種種樣式多得讓人有點目不暇接，若是對中國文化頗有興趣的人士勢必會在此流連忘返。

在正式帶隊前，有位同組的師兄悄悄來提醒我說：「（摩羅街）這裏的東西大多是『水貨』，帶隊的時候記得提醒一下參觀的同學們不要掏錢做『水魚』啦！」我微笑並心領神會地朝他點了點頭，暗示我自有對策。但當真的到了帶同學們來遊覽的時候，還用不着怎麼提醒，大家就只是在安分守己地參觀而已，可見同學們都深諳其中玄機，慧心俱矣！其實，真正的古董又何需執意向外求索？沒準打開家中塵封多年的壁櫥就已有幾件真「古董」近在眼前呢！

說到我為何獨鍾於摩羅街，並非全因為那些吸人眼球的古董玩物，而是因為那裏散發着一種獨特的文化滋味。與摩肩接踵的都市街道不同，摩羅街由始至終都是靜謐的，漂浮的空氣中總有一股若有若無的檀香，攤子老闆不會高聲喧喝，也不會拉着你推銷不放，他能滿足你所有的好奇心，讓你能夠慢慢地漫步其中，東看看，西望望，而你就彷彿是意外闖進了大都市中一條隱藏的時光隧道，當外面世界的時間正以光速飛逝時，摩羅街的時間便像是靜止的。那無意間闖入的一陣風，穿越過整個街道，讓那本鋪着點灰塵，飽含歲月痕跡的故事書翻卷了幾頁，然後又悄然無聲地安睡了過去。

街道的盡頭連接着一條通往文武廟的樓梯，梯前有個算命攤，掌攤的老爺爺會講一點日語。有個跟着我們隊伍參觀的日本女生竟能和他用日語順利交流起中國的生肖，畫面很是神奇。

在算命攤的對面常坐着一個披頭散髮，留着長鬚的白頭老翁，像古籍裏常描寫的世外高人。每一次見他桌面上都總放着一本《周易》，一旦提筆便能在鋪滿紅紙的桌上游刃有餘。不一會兒，一聯「飛龍在天，利見大人」便寫好了。

「Welcome to take pictures（歡迎來拍照）！」與嚴肅的書法相反，老爺爺愛與人攀談。真正帶隊那一天，我們竟意外性地有機會能跟他搭上幾句話，那時候正值下午四點，他已經收拾好攤位，像是在等人，又像是在望風景，他站在一旁，靜靜地注視着我們這群正嬉笑打鬧的大學生，似乎有話，似乎又復歸寂然。有些領隊成員注意到他，便鼓起勇氣上前和他交談起來。他分享説自己已經八十多歲了，十四歲的時候就已經開始學習書法，就算年輕時工作繁忙也還是會堅持練習，直到現在退休，這一寫便寫了自己大半春秋。講到這裏，老爺爺面上的神情卻是輕鬆的，眉宇間舒展愜意，似乎去做自己真正喜歡的事情並不難，只在於人心抉擇。他有點遺憾地跟我們説，之後的幾天都不能來寫字咯！我們連忙問他為甚麼，他笑言自己將要到澳洲去工幹幾天，今天晚上就出發，這是他臨出發前的最後一個下午，空閒之餘便照樣來這裏寫寫字罷。他的目光依舊和藹，時而看向我們，時而又凝望着一處遠方，不知道是否凝結了太多心緒，一時之間我們也猜不透他的想法。十一月份的夕陽徐徐落下，只見餘暉透進他的眼簾，又從他深邃平靜的眸裏映照出一漣深秋。他的話音剛落，便有個提着行李箱的中年婦人匆匆地趕過來提醒他該啟程了，他點了點頭，朝我們一群人道了一聲「再見」，便揚長而去了。

我的目光緊緊追隨着他遠去的步伐，「君是神仙人，應識蓬萊路。」一首古詩便不自覺地勾勒出在我的腦海裏。他走得如此剛健、瀟灑，甚至連那一絲寂寥也不易察覺在他離去的背影中……

我在想，若有一天，再能去到摩羅街，再看見街道的盡頭有一張長方桌，上面依次擺放着紅紙，毛筆，還有一本《周易》，那一定是一位安靜慈祥的白髮老爺爺正在專心致志地練字了。那時候就不需刻意地去打擾，就把那道注視的目光再拉長一點吧，五分鐘，十分鐘，甚至更長，更長……

此時，又有一陣風呼嘯過摩羅街。到底是風在動？還是旗在動？想來已經不重要了。因為那正是與它邂逅時吹起的。

# 送貨佬阿輝與香車街大佬

葉詠琪
城市文學獎 2022 大專微型小說組季軍
香港城市大學中文及歷史學系文學士（中文及歷史）

住在荃灣香車街唐樓的居民必定十分困擾，因為晨霧未散，大型貨車、小型 Van 仔、垃圾車便會陸續泊在香車街的邊上，落貨的落貨，收垃圾的收垃圾。推車滾輪的聲音、垃圾車的操作提示聲，還有送貨佬們高談闊論的吹水聲夾雜在一起，居民就算對美夢再依依不捨，也會被喚醒。

香車街有三寶 —— 物美價廉的香車街街市、名響全港的香車街熟食市場及應有盡有的雜貨舖。正是這三寶導致了送貨佬們在清晨時分便聚集在香車街上落貨。

在這些送貨佬中，有一位長期穿着黑色短袖恤衫的彪形大漢。從他的手袖處，能看到有半條龍尾沿着他孔武有力的手臂垂下，為他增添了幾分江湖氣勢。一旦留意到他臉上洋溢的笑容，旁人因他的體形及紋身而生起的驚恐之意便會蕩然全無。這位一不笑便容易令人誤會的送貨佬被香車街商戶稱為「送貨佬阿輝」。

阿輝初來香車街報到時，經常獨來獨往。商家不與他搭話，他也不主動與商家搭話。沒有說話的對象，阿輝自自然然便木訥着臉。有人描述那時的他就像是電影裏的殺手，一身殺氣，潛伏在香車街只為了接近目標人物；也有人暗猜他是油尖旺一帶的大佬，混跡江湖多年，假扮送貨佬是為了接管香車街做準備。

人們都有意識地避開他。

直到有一年冬天，阿輝匆匆忙忙地衝進店舖裏，臉上是商家從未見過的擔憂。他那砂煲大的手掌合攏，小心翼翼地捧着甚麼。商家也顧不上那些傳言，上前一看：一隻濕漉漉的小貓緊閉着雙眼，在阿輝的掌心中微微顫抖着。商家與阿輝便在救助這隻小貓的過程中熟悉了起來。街坊對阿輝的揣測也改成了他是一個曾經誤入歧途，後來為了家庭而努力工作的好男人。

阿輝十分幸運，在這件事以後，他得到了香車街陀地大佬們的垂青，在香車街混得風生水起。

香車街風水好，油水多，自自然然吸引到一班陀地大佬前來霸佔。香車街的陀地大佬們很是猖狂，日光日白便齊齊出動，有的肆無忌憚地走入店舖中，隨意一掃便把貨架上的貨品掃倒，有的目中無人地坐在肉檔的砧板上，收取保護費，有的橫行霸道地橫躺在大街上，害得人們要繞路走。陀地大佬的勢力太大，香車街居民逼於牠們的淫威下，敢怒不敢言。

當陀地大佬們突然放下手頭上的工作，爭先恐後地向某處奔去時，香車街的商戶就知道 —— 阿輝來了。香車街的街頭未見阿輝身影，大佬們便早在香車街的必經之路等候。手推車的聲音愈來愈近，大佬們已經毫無大佬樣，有的興奮得原地踩奶，有的扭着屁股準備撲向目標，更有的四肢朝天躺在地上，擺出最可愛的模樣。

阿輝一踏入香車街街口便看見一眾大佬聚集在路中央。他對此早已見怪不怪。他一邊推着手推車，一邊向大佬們招手，把牠們帶離路中央，以免影響其他行人。他蹲下身替每位大佬按摩，不等大佬們被按得心滿意足，便又急急忙忙推起手推車向商舖走去。欲求不滿的大佬們怎會放過他？於是乎，每個香車街的清晨，總能見到如領頭羊般的阿輝身後跟着一眾跟班。在阿輝上貨時，牠們在他的腳邊來回穿梭；在阿輝的車揚長而去時，牠們眼巴巴地看着那遠去的身影，哀鳴着離別的夜曲；轉身向香車街走去時，牠們卻又是高傲的模樣。

阿輝，我的父親，如今已不再是送貨佬。在高薪的利誘下，他在數年前已經轉行為地盤佬。香車街的商戶告訴我這些事跡時，臉上都充滿懷念的神情。碰巧，有一位大佬光臨店面，商戶便趕緊拉着我上前向大佬介紹：「你瞧，是阿輝的千金。」

大佬施捨了我一個眼神，說：「喵——」。

# 由一張標貼而想起的

葛浿辰
城市文學獎 2022 大專散文組推薦獎
香港城市大學中文及歷史學系文學碩士（中文）

## （一）紀實

五月十九日，下午三時許，邵逸夫圖書館，空曠的自習區。

劇烈刺耳的刮擦聲，持續不斷、又漸向我靠近。

抬頭，是圖書管理員在挨個清理桌上的標貼。

標貼的內容如下：

Social distancing and face mask!
This study desk is NOT for use
in order to maintain a
distance of 1.5m between seats.

趁那刮擦聲還未及在我一點五米的範圍內作響，我掏出手機，替標貼留下它的「遺容」。

我學着「史官」的樣子，在自己的朋友圈寫下：

5月19日，圖書館管理員開始清除標貼，

因疫情而來的「NOT for use」成為過去式。

一時竟也收到許多評論，有說「值得紀念」、「可喜可賀」、「可以多好多座位」的，也有問「所以甚麼時候通關」的，更有習慣了「標貼時代」的同儕說道「可還是想一人佔兩桌」——我看着這些字句，陷入一種後疫情時代的恍惚……

## （二）無意義之問

自問了一句：這些標貼是甚麼時候貼上去的？

回想，似乎在去年八月我初入圖書館時，它就在那裏，按新冠疫情的時長推算，或已有一、兩年的光景。對我而言，自是無法親歷它們初現於校園的那天；但機緣巧合，我卻見證了它們被移去的今日。小時候常聽大人們講「善始善終」或「有始有終」，這些詞彙多少都帶有點應當始末兼顧的意味，但倘若我們只能在二者中選擇其一去感受，你、我、我們，又會如何抉擇呢？

這似乎並不是一個有意義的問題，因為並非所有人都對開始敏感，一如並不是所有的人都會在意結局。一對老夫老妻可能在回首時才恍然發覺：喔！原來我們的戀情在那時就生根了！而翻着通訊錄的你我他她，偶爾在瞥到一個曾經極其熟悉、如今卻無比陌生的名字時，才驀地反應過來彼此的親密早已消逝許久……

我們有意，或無意地忽略着那些「小事件」的起因與結果，但同時，又像被懲罰似的，作為「大事件」過程裏的一份子被歷史忽略和遺忘——年少的我們從前人留下的筆墨紙硯中了解歷史風雲的「開端」，凋零的我們睡進墳墓、在墓碑下聽後人帶來「家祭毋忘告乃翁」式的「結局」訴説；又或者，連結尾也無法知曉——「大事件」太漫長了，長到連留有我們骨血的後人，都不再記得我們的名字。

我開始疼惜起那些標貼被撕後所留下的膠印來，

甚至有種想去向管理員要一張然後保存下來的衝動。

標貼是物品，同檢測盒、新冠疫苗、停屍車、海關閘口一樣，都是物品；「撕去標貼」是小事件，同把混合液滴進檢測口、將藥劑經注射劑推入肌肉、拉緊存屍袋、跨過一條具有政治和地理意義的界線一樣，都是小事件 —— 而把一切包羅其中的，即是 2019 新冠疫情這場持續兩年多的「大事件」。它面露詭譎的微笑注視着今日圖書管理員把有關於它的標貼一張張揭下，同樣也注視着因它作浪而起的種種亂象 —— 或許，新冠疫情是在注視「我們」吧？！

## （三）明日

明天，五月二十日，「我愛你」—— 感謝漢語諧音，更感謝消費主義，讓情侶們在一年之中又多了個表達愛意的日子。

（有時候會想：現代人的愛情，稀薄到只能靠節日維持。老一輩的書信與馬車，終究敵不過躍動屏幕上的數字，和彌敦道上的車流如梭。）

今天，圖書館管理員的率先行動，為進一步縮減社交距離、增進社群溝通做出貢獻。

（遠處，黃衣女孩身邊的標貼剛被摘走，黑衣男生便迫不及待地興奮落座，他們相視而笑。）

我望着我左手邊的椅子，除了書包，只剩空蕩。

一米五的距離，對陌生人而言既是不會令人不適的心理距離，更是後疫情時代的預防病毒的「安全半徑」。

而對於「陰天雨天暴雨天，愛你愛到發晒癲」的情侶們來説，一米五已是咫尺天涯。

最好的距離是沒有距離。

而我，也同戀愛中的人一樣，期待明天。

我望着光禿禿的桌面許久，許久才反應過來——這本就該是它原本的模樣。

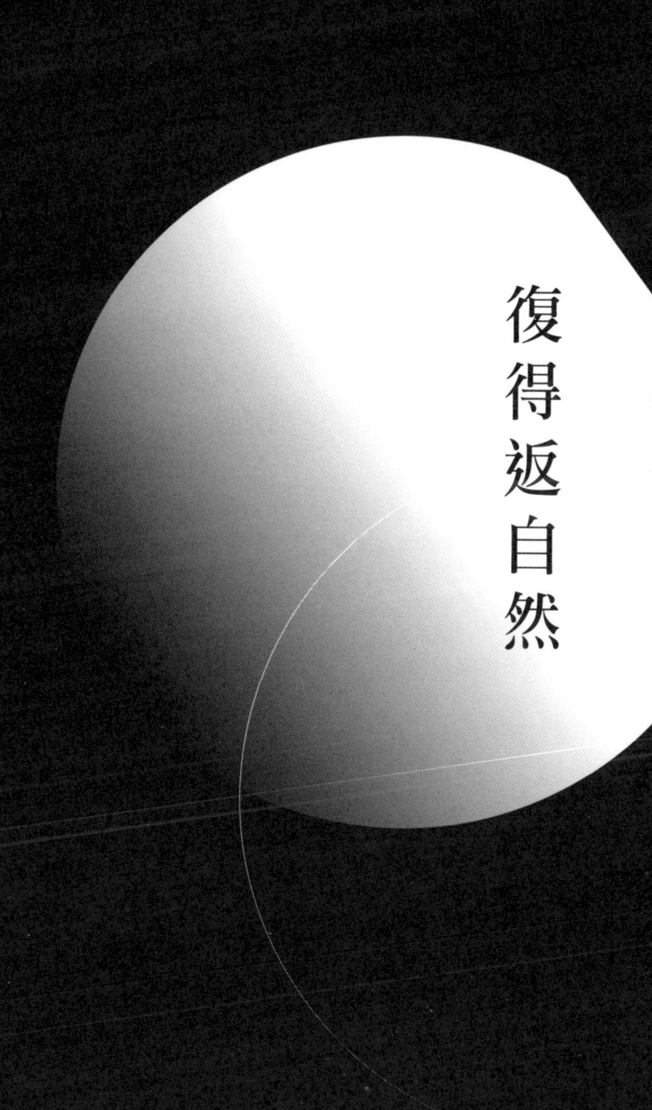

# 復得返自然

# 困守

楊洋
城市文學獎 2022 大專散文組冠軍
香港城市大學媒體與傳播系文學士（媒體與傳播）

不用拉開窗簾便知道是陰雨綿綿的天氣，雨絲擊打着冷氣機的外殼，擊碎了難能得以延長的夢境，假日在窗外的天氣中故障。這樣的天氣本不適合外出，可我卻在朦朧之中聽見鎖孔轉動的聲響，不用睜開雙目便知道是母親要趁早去街市買菜。母親的生命力依靠街市的喧囂得以脈動，無關天氣，也無關日期。

母親一般會在午飯前回到家中，讓兩個嗷嗷待哺的家人準時得到適當的投餵。我並不知道當我與父親離家時母親的日程會否依然如此規律，或許沒有繼續保持規律的必要，卻也沒有放棄規律的托故，幾十年堆砌起來的時間表似乎不允許任何形式的褻瀆，至少我是這樣解讀母親的。然而，今天，她在混沌的雨天中失序。

陰沉的天氣隱沒時間的消逝，如果不看向時鐘，我不曾意識到黃昏的降臨。黑夜降臨前，母親隨着一陣沉重的水氣回到原點。她額前的髮絲黏在皮膚上，棉質純色襯衫上在雨後開出一朵朵不規則的花。她手中多了一隻塑膠袋，塑膠袋中的水光中映着四尾金魚的身影。「我剛剛去了金魚街，順便買了一袋金魚。」一如往常平緩的語氣，無法窺探更多的緣由與情緒。此刻，她的眼中只有金魚在游泳。我沒有再去過問購買金魚的緣由，很多決定的產生總是缺乏充分的理由，也許連自己都無法説服。裝着金魚的塑膠袋已經有些乾癟，金魚搖曳着扇尾在袋子中兜圈浮動，這會否是缺氧的掙扎？我無法在牠們的唇語中偷取任何的情緒，流逝的氧氣在為牠們倒數。母親來不及擺脱黏膩的水霧便潛在家中的角落中尋找多年前購入的魚缸，那是一個在美感中缺席的廉價綠玻璃魚缸。魚缸在母親不懈的尋覓下重新暴露在現實中，被迫承接新的生命進駐。剪刀的利刃劃過塑膠袋，僅餘的氧氣融化在空氣中，金魚在水流的脅迫下滑進空無一物的魚缸裏，四散開去。此刻，她的眉宇間劃過一絲難以察覺的笑意，這是來自對生命的救贖，來自對生命的悲憫，來自對自我的慰藉。母親自以為上演了一場大愛的贖救、一場幸福的傳遞。

自此，母親生命的脈搏被金魚入侵。

母親自結婚後便徹底告別職場，在父親的庇蔭下變成家庭主婦，這似乎是那個時代最主流的人生劇本，但卻未必是她最希望飾演的那齣，儘管這在旁人看來是個正確的抉擇 —— 只需打理家頭細務的家庭主婦稱得上是份難得的優差，是對女性的救贖。那時的母親在旁人的眼光中是無比幸福的一位，彷彿得到緣分的救贖。自我有記憶以來，她穿梭在家中的每個角落，審視着一切偏離標準的異動，家中的一切在她的管控下不得出現一絲的偏離，她完美地將自己篆刻進職業角色裏，無法自拔。母親漸漸地被家的溫馨裹挾，吸取當中的養分生存。可與此同時，她不曾察覺的是，她與外界的連結被這份外人嚮往的溫馨悄然截斷，屬於自我的靈魂也只配在這份溫馨中兜圈、駐足、吶喊。

母親從廚房的煙火中逃脱，她開始經常圍繞着魚缸兜圈，粗糙的玻璃將她的面容扭曲，五官在水波之中溶解，她彷彿變成魚缸的一部份，等待一場無聲的對話，她似乎在金魚身上探測到自己的影子。金魚在偌大的魚缸中踱步、浮動、凝視，外面的人無法從其面上勘查到一絲的情緒，牠們不曾擁有表達喜怒哀樂的權力。家中的魚缸沒有配置足夠的過濾設備，即便母親隔天便會為其換水，青苔依舊在她的注視下在玻璃上蔓延，將金魚與外界隔離開來，金魚的世界只餘下青苔肆意妄為的綠意。我不時也會在魚缸前短暫地停留，窺視金魚的生活。時間在這裏似乎是凝結的，無論何時前去看望，牠們都遵循着相同的路徑：踱步、浮動、凝視或是啃噬着壁上的青苔，偌大的魚缸裏沒有其他能供之消遣的物件。漠視着來回浮游的金魚，我總是覺得牠們不快樂，即使牠們不會笑也不會哭，也從未訴説自己的慾望。默然不語的背後是無可奈何的失語，來回踱步之間夾雜着的是束縛與逃脱的渴望。這並非是甚麼神聖的救贖，這不過又是一場不自知的軟禁。青苔爬滿了魚缸；青苔是壁癌；青苔在母親心中擴散。

沒過多久，魚缸中便有金魚漸漸失去與水流抗衡的能力，翻出奶白色的魚腹繳械投降，任由水波衝擊着疲軟的身軀。或許是水質不佳，或許是氧氣不足、甚至或許是魚糧不合胃口，魚缸中的金魚隔三岔五便會上演繳械投降的戲碼，最終只剩一隻金魚暫且逃脱死神的召喚，得以繼續在魚缸中苟活。牠終日自己在魚缸中兜圈，像一隻被抽走靈魂的木偶。母親有感金魚的孤獨，提議再去金魚街買一袋金魚，但卻被我不假思索地回絕，彷彿是要阻止無心的謀殺再一次重演。金魚是群居動物，脱離魚群的金魚將難以生存。因此在瑞士，只養一隻金魚是違法的。這些我都知道的，但卻無法構成再次購置金魚的理由。不去阻攔一場因孤獨而上演的死亡，是防止悲劇再現最愚蠢的方法，但我似乎別無選擇。母親或許與金魚處在相似的頻率，當她站到魚缸前的時候，那一條孤獨的金魚便會來到玻璃前與她的手指玩耍，牠或許感知到母親不曾言説的孤寂，牠知道她也是失語的生物。母親與倖存的金魚間築起同頻的電波。

金魚的生命力在母親的扶持下得以延續，幾天後更毫無預兆地開始誕下魚苗，當我們有所察覺的時候牠已經把幾隻幼崽當作口糧吞到腹中，牠會否是不忍將寂寥的生活複製予無辜的下一代？儘管如此，母親還是連夜守在魚缸邊打撈剛剛出生的幼崽，以免被金魚再次吞入腹中，其實母親知道死亡已寫在這些幼崽的名錄中，只不過是時日的遠近不盡相同而已。玻璃魚缸所供給的是生存的條件，而非生活的養分。我凝視着剛出生的幼崽在一隻瓷碗中輕輕游動，明明是朝氣蓬勃的場面，我卻無法擁有來自新生命降臨的喜悅。望着金魚，再望向旁邊的幼崽，牠們是幸運的一群，因為生命在牠們身上得以流動，但牠們何嘗不是悲哀的一群，牠們不曾掌握選擇的權利。母親在魚缸前的沙發上以呆滯渙散的目光盯着魚缸，金魚的幻影在其瞳孔中寄居。我注視着母親的瞳孔，我看到母親與金魚融為一體，無力的悲哀隨着一陣無法吐露的惡寒把我淹沒。魚缸中的水日漸混濁，哪怕是經常換水也無法掀開緊鎖的霧靄。

某一天的清晨，天空剛剛翻起魚肚白，我在朦朧的夢境中聽到母親沙啞的驚叫，魚缸中僅餘的一隻金魚消失了。我倆望着空無　物的魚缸，彷彿還殘留在昨晚的夢境之中，牠難道在混濁的水中消融，連白骨也沒有留下？當窗戶的玻璃再也無法阻擋陽光的投射，當整個客廳被陽光擁抱，我猛然看見一隻金魚安躺在牆角的地面上，腮部輕微地起伏，空氣中的氧氣抽取着牠生命的分量。魚要依存於水，但人們往往忽略了氧氣的必要。牠終於得以在真空的世界中逃脫，逃脫到氧氣充盈的結界，卻不知那是另一個缺氧的地獄。

母親用一張潔白的紙巾撿起金魚，牠的身體在氧氣裏乾癟，失去了應有的形狀。她把金魚丟進馬桶，隨着旋轉的水流滑向未知的水域。過後，母親望着只餘下青苔與混水的魚缸，漸漸失焦。

# 燕返

譚俊熙
香港城市大學文學士（英國語言）/ 中國現當代文學副修課程

從前讀《燕詩》時，沒有認真背誦過。大概只記得一兩句「梁上有雙燕，翩翩雄與雌」，還有那窩印刷在啟思中文書上的燕子。沒想到在我家的冷氣機棚下，竟也住着一窩燕子。

嚴格來説，牠們並不屬於我們家，也可能不是燕子，只是我稱呼習慣了。大概是在中五的時候，父親每次回家都嫌棄母親把衣服晾在房裏，説是會積聚濕氣，牆紙很容易發霉。母親被嘮叨久了，終於擦乾淨窗外那排晾衫架。衣服還沒掛出去，母親便大嗌:「哎呀，出面有竇雀仔係樓下陳生個冷氣機到築巢啊！」她便以「污糟」為藉口不再開那扇窗，父親也奈她不何。明明那鳥巢在樓下，與我們不相干。雖然邏輯不通，但我怕被罵得體無完膚，便也不再吭聲了。

但畢竟我還小，母親的短短幾句可別打算能真正阻止我。我總是不識時務地喊着:「邊到邊到啊？我又要睇！」母親起初很不情願，畢竟牠們「污糟」。後來罵了我兩句，打了我兩下，知道我是不見到那鳥巢便不死心，便讓我探頭出窗外看了眼，還不忘一直提醒我小心小心（主要是怕我會弄髒衣服）。我記得很清楚，當時剛好有隻雀仔歸巢，嘴裏叼着一根樹枝。我猜牠們的巢是還沒建好的，不然巢裏的另一隻雀仔也不會咿咿呀呀地催促着對方趕快撿多些樹枝。不過我那時覺得雀仔很蠢，那冷氣機簷下地方淺窄，再多樹枝都撐不大牠們的巢，那麼辛苦為了甚麼呢？當然，這都是我憑空胡謅的，事實上我根本不知道那兩隻雀咿咿呀呀在鼓譟甚麼。於是我起了惡念，既然你不告訴我你在做甚麼，那我是斷斷不必留你了。我該到樓下陳生那裏「篤背脊」，長舌婦般搬弄那小倆口「僭建」的是非？還是再下一層樓到李太那裏「篤背脊」，長舌婦般搬弄樓上陳生「被雀仔僭建，因着你啲衫啊」的是非？只要能趕走那對不速之客就好了！誰讓牠們不識趣，連報上大名也不懂？抱歉，雖然我讀了那麼多年書，讀過《燕詩》，看過明珠台的《動物大絕色》，聽過王苑之的《開籠雀》……啊！少不了以前在學校附近的球場旁邊，小山坡下那一群平時不會動，偏要待你走過去的時候才「驚起」的「一灘鷗鷺」。那群「百厭雀」總是嚇得女同學大嗌救命，扯着男同學的衣袖才敢走過去。過後大家總會笑成一團，追着那些罪魁禍首來指罵。每次都說自己不會再走這邊的路，但次次還是似被虐狂般來這裏被雀仔追。說起來我也很久沒去過那裏，那群雀可能全部都飛走了！

但偏偏在這麼多有關雀的故事中，唯獨沒有冷氣機棚下的雀仔。母親只是一味在我背後嗌：「啲死人雀又會揀喺度起個巢，陳生真係多得佢地唔少嚕。」我心裏有點不快，隨便敷衍了句「得啦得啦」搪塞過去。我是不喜歡那對雀仔的，但我禁不住維護牠們。望着那隻雀仔爸爸（我猜牠是男的）銜着兩三根樹枝歸巢，垂下頭放在一旁，然後左望右望，把嘴「哄埋去」雀仔媽媽的嘴巴。我覺得牠們很是溫馨，活像一對小情侶打情罵俏。想到自己未來可能也有這樣的一幕，我無來由地笑了笑，這可愛極了！

兩隻雀仔就這樣寄居在那冷氣機棚下，我漸漸也失去了興趣。後來再注意到牠們的時候，便是我的一小個人生低潮期。那時又與友人鬧翻了，已經數不清吵了多少架。局外人看來，盡是為了些雞毛蒜皮的瑣事而吵架。但我心裏很清楚，不是這樣的。不過阻礙不了我習慣性地埋怨自己，自己是太情緒化了，不懂照顧別人的感受。為了這樣自我中心的人，為甚麼要流眼淚，為甚麼要傷心呢？雀仔是局外人，不明白，但我很感激牠們始終在那兒。

街上的車隆隆地響，數不清的車穿插於街道之間。我忽然在想，如果有個人突然出現在路中心，它們不就會馬上把他輾過嗎？我掀開窗簾，要是一切傷心事都能馬上完結就好了。如果我會開車，這就等於我開着車一下子輾過斑駁的馬路，一瞬間就完結了！打開窗簾的那瞬間揚起了一股塵埃，我顫抖着打開窗，害怕眼前的黑灰會一下子填滿我的瞳孔。就是在這一刻。啊！這是我一生中最珍貴的一刻！我瞥見那小口子，男的又將嘴「哄去」對方，但這次對方竟然撇開了臉。我猜這是無意的，不然這雀仔也與人一樣可憐了。我看到牠們的幼雛，看得不太仔細，毛灰灰白白的，很小隻。媽媽輕輕地在牠額上親了一口，很愛自己的心肝寶貝。我由衷地笑了笑，這種感覺是不論種族、性別、人畜的。我知道，我知道，母親都是深愛着自己的小孩。於是你不禁想，父母把生命中的珍貴時刻與你分享，你又是否必須將自己的生命與他們分享？對的，責任，責任是對的。靈魂就突然在眼前像蠟燭的火光般沿着一圈圈光暈迂迴地轉着，燭光在彌留之際閃着血紅的光。那是甚麼！瞇着眼，身軀整個托了出去，雙手伸出去想要抓着些甚麼。那是永遠都捉不着的。一絲紅線掛在鳥巢上。風有點大了，我不自覺打了一下冷顫。我關起了窗。

那幾個月不太好過，幸好我有一些好朋友在開解我，當然少不了我的雀仔。我必須要澄清，我並沒有特別惦記着牠們，只是偶爾會想起牠們，想知道牠們的近況。畢竟香港連人都未必有地方住，牠們不去郊野公園生活，反而來到了發展過度的城市。我不禁想：這裏真的適合居住嗎？或許牠們盤算過，知道我家附近有些大樹。但盤纏的樹枝在馬路旁困着一波波廢氣，可能真的不比冷氣機棚下舒適。有時候我會想把牠們接進家裏，但我不忍困着牠們。我覺得牠們是自由的。也許是我太煽情了，我又怎會知道牠們快樂與否呢？但那又如何？我只想牠們快樂，我沒有錯。我希望世界都好。只是我們總要為自己的生命找一個理由。雀仔，我可以怎樣呢？我可以怎樣呢？

後來有一天，天文台懸掛了黑色暴雨警告訊號。那是早上七點半，雷在雲層間隱隱約約透出紫色的光，轟隆轟隆地響着，驚雷劈在遠處的天線杆上。這是否重要呢？我站在回校的路上想着。雨快把我的傘壓垮吧。這是否重要呢？生命的終點可能就是某一天的睡眼惺忪，晨光從昨夜雨疏風驟時半開的窗戶，由中心炫目的白光緩緩化成一圈圈光暈。眯着眼，斜坡順着雨水變成一處激流，我快要喘不過氣了。我不敢抬起頭，也抬不起頭。生活中的所有都在眼前消逝。該憤怒嗎？還是該感到慶幸？為着知道所有事都將迎來結局：無須再恐懼父母對自己的期盼，也無須再恐懼自己對所有人和事的期望了。雨水浸濕了我的褲管，風也快把我的傘吹翻，和那時一樣：也是這樣的暴雨天！小時候自己撐着一把小紅傘，走呀走，甚麼都沒有想，就是一直向前走。那時候體重很輕，於是我便迎着狂風愈飄愈高。我飛得很高，快到雲間了！我呼喊着父親。可能離得太遠了，他沒有理會我。我真的很想隨意遊走於雲間霧裏，這是一生一次的機會呀。但我可能就會眷戀雲上的無憂無慮，不再回來了。也許我可以與父母在那裏再相聚。但天上那麼大，我怎樣找到他們呢？風吹得樹左搖右擺，我無意中想起了家的那口子雀仔，就在平時最多「百厭雀」的路上。

那是很久以前的事，我早就不是中學生。那天回家後，我沒有再看見過那群雀仔，很忙，忘了。不過我想起《動物大絕色》裏的那些鳥類。雨林天氣變幻莫測，天氣可要比香港凶險十倍，但鳥照樣可以生存。我的那群雀仔，肯定也是平安的，說不定早就飛到雲間做神仙了！

## 兩棵鳳凰木的距離 —— 從南山村到淺水灣

樊星
城市文學獎 2022 大專散文組推薦獎
香港城市大學、武漢大學博士聯合培育項目（翻譯及語言學系）

與樹的親密接觸被認為是再度體會祖輩人的激情並感受與城市文化相關的前後關係和找回野性的方式。在今天，感受衰老、孤獨和樹的消失就是表達景物悲劇。

……

> 樹有時可以化身為對話者、密友、聽懺悔的人、良師。這是所有植物被幻想的角色，我們應該到構成自身群體的源頭去尋找。
>
> —— 阿蘭．科爾班
>
> 《樹蔭的溫柔：亙古人類激情之源》

在學校圖書館伏案至黃昏時分，常常忍不住去看不遠處那棵鳳凰木。那樹就站在走出校門後一眼就能望到的路口，與馬路對面的那棵木棉兩兩相望。這棵鳳凰木大概有六層樓那麼高，或許是七層。它並非是這條路上唯一的鳳凰木，卻因為被樹幹上掛着印有「NS-T0048」的名牌，成了這世上獨一無二那棵，與小王子那個在浩瀚宇宙間被命名為「B612」的星球有異曲同工之妙。

我與它的相識始於初秋，儘管彼時暑氣未退，卻也已然錯過它那一季的花期。當後青春期的別離習以為常，那首吟唱着「沒有那個港口是永遠的停留」的《鳳凰花開的路口》自然不再如十八九歲時那樣撩撥心弦，進而移情至眼前這棵初見的鳳凰木。反而是范柳原與白流蘇的對話浮現腦海，在《傾城之戀》中，他指着淺水灣的叢林道上的鳳凰木告訴她，這樹是南邊的特產，英國人叫它「野火花」，廣東人叫它「影樹」。夜裏，流蘇看不出它的顏色，卻能直覺到，「它是紅得不能再紅了，紅得不可收拾，一蓬蓬一蓬蓬的小花，窩在參天大樹上，壁栗剝落燃燒着，一路燒過去；把那藍紫色的天也熏紅了」。張愛玲借白流蘇的想像描寫的鳳凰木，為我初遇 NS-T0048 時，提供了可以參考的聯想。彼時，花已落盡，但遠遠地仰望它僅剩的翠色時，卻隱約覺得它的葉子與故鄉合歡樹的葉有幾分相似。白流蘇在她二十八歲時來到香港，而我第一次來香港的這個秋天，竟也是同樣的年歲。大約新時代的女性總要天然地羞於感慨青春易老，剎那芳華。但在 2021 年秋天，第一次踏上這南國的土地，仍擁有與她相似的感知，在新冠肺炎疫情於全球蔓延時，當絕大多數人快要喪失關於往昔正常的人類世界的記憶時，負笈南下至此，香港於我而言是與流蘇相同的「借來的時空」。

一如這座城市裏的大多數他鄉之客，我總想用力記住在香港親歷的一切，以最敏鋭的眼光和細膩的心。對一個大抵歸途已定的異鄉人而言，在此時此刻的世界，寄居於這座城市盤根錯節的高密度空間裏，我深知當下置身其中的所有記憶都將成為多年後抵禦無盡幽暗歲月之虛無的強大慰藉，更知曉在這裏有緣相逢的人們，在不久面對注定的別離後，更會被這個時代獨有的巨大推力投擲到彼此相隔的更遙遠的地方，然而，凡夫俗子總是不捨得彼此相忘於江湖。於是，唯有用心銘記，安頓記憶，才能以個體的力量封存這些生命中獨一無二時光，那怕僅存於大時代的褶皺中。

感恩 NS-T0048 的出現，同這棵鳳凰木的邂逅，我找到了以二十八歲的秋天為起點的、關於我與香港獨有的敍事線索，它不再僅是我日日往返於學校途中那個總在等候我的「人」，而是作為這個特定時空裏具體而實在的一部分，令記憶被鐫刻得更真切動人。多年後，或許在遙遠的北方，當我站在外公生前親手種植的那棵合歡樹下，望着那細細的橢圓形葉子時，一定會想起 NS-T0048 那彷彿能夠觸及雲端的葉——張愛玲覺得像鳳尾草的葉，會開始懷念在香港的日子裏，這位傾聽我最多秘密的、化身為樹的忠實友人。

在等待 NS-T0048 開花的冬日裏，忍不住想去淺水灣尋覓白流蘇與范柳原看到的鳳凰木們，那也是張愛玲在另一個顛沛流離的時空裏與我們看到的同一種樹。明知那裏的鳳凰木自然同樣未到花開時節，卻也忍不住在漫長的疫情防控期與友人偷得浮生半日閒，在那個相對遼闊的天地裏喘息片刻。

南國的冬天溫暖又多情，相較故鄉長安城隆冬時的刺骨，香港的一月彷彿給此間萬物留有更多生長的餘地，一路鬱鬱蔥蔥，眼睛裏被多彩的世界填滿，這是我未曾見過的冬天。儘管缺席了今年故園雪落長安，夢回大唐的體驗，但在此地，在另一個風景迥異的世界，愈發覺得溫暖濕潤的地方可以包容着更多生命節律不同的植物，因而四時青翠，日日有花。

淺水灣成片的行道樹有許多鳳凰木，范柳原指給白流蘇看的，是這樣的樹；張愛玲曾親眼看到的，也是這樣的樹。我們想要探訪故事中的男女曾住過的淺水灣酒店，可時過境遷，早已物是人非，只留舊址，成了著名遊客打卡聖地。我駐足在這棟建築外的的花園，朝着一行鳳凰木的小徑走去，頭也不回地同身邊人說：「淺水灣酒店已不復存在，可你看，這裏還有鳳凰木，范柳原指給白流蘇看的樹，就是我們眼前這種。」

為這條小徑上一棵樹形與 NS-T0048 最為相似的那棵鳳凰木拍照留念，它的周身沒有任何名牌，我無法得知它的名字，但那一刻，我寧願一廂情願地為它悄悄取名為「流蘇」，鳳凰花葉皆如流蘇，這棵樹又屹立在如此特殊之地。她是總低着頭的「舊人」，但仍盛放過如鳳凰花開時一般火紅的熱烈，並且在為下一個夏天的綻放默默積蓄着力量。我細細欣賞着它，就像我第一次看見 NS-T0048 時那樣，那一瞬間的我分不清是闖入了張愛玲的空間還是白流蘇的空間，但卻實實在在地感受到因為這個鳳凰木，我的時間、情感與生命經驗同虛實之間的這兩個女人相遇了，或者說，我在彼時以一棵樹的方式錯落相疊地進入了白流蘇的情境，獲得一種獨特的重讀張愛玲的美妙體驗。

那一天，回到南山村後已是夜色闌珊。我又路過了 NS-T0048，那夜再看到它時，日日與我相伴的樹，似乎又是一棵新的鳳凰木了，我深知，那是因為淺水灣的另一棵鳳凰木，自內心深處起，我開始逐漸變成另一個「我」，逐漸與這個借來的時空產生情感認同的自己。

不巧趕上了泥沙俱下的情勢，以顛沛流離的姿態抵港，惶恐不安與漂泊中的失根之感早已淹沒原以為會是熱烈充盈的新鮮感。當高密度的建築、疾馳的車輛、馬路上膚色各異的人們映入眼簾，特別是在夜裏，當這座城市成為可被感知到的、真正意義上的「玻璃之城」時，我與這滿眼浮華相遇，那一刻，所有來自感官的衝擊與以往數十年閱讀香港文學的經驗交匯，我終究與那些故事重逢在它們發生的地方，而我和在這裏相逢的異鄉人或本地人則借着同一座城，同一空間，續寫着書裏的故事。

NS-T0048 讓虛實之間的聯結更加真實而動人，人工建物早已物是人非，或不復存在，但植物常在，只要在南國，總是會常常看到鳳凰木。它們就生長在此時此地，生長在新冠疫情蔓延的當下，生長在戰火紛飛的二十世紀上半葉，生長在更久的以前。時光荏苒，歲月更迭，但不變的是，春來草自青，夏至花絢爛。一代又一代的香港人與這樣專屬南國的植物相伴，與一代又一代的長安人並無不同，走進他們，愈發覺得那些藏在日常生活中的樸素智慧，以及對人間煙火的深深眷戀是超越語言、時空與習俗的，那些更深的層面裏，人之所以為人的美好特質並無二致。

於是，我的離散感逐漸褪去，由樹及人地，開始愛上此地此城。不由地想起毛姆在《月亮與六便士》裏寫下愛塔的房屋外有一棵芒果樹和兩棵鳳凰木，猩紅的花朵與金黃的椰果爭奇鬥艷，正是在那裏的三年，斯特里克蘭度過了一生中最幸福的日子。

終於到了五月，NS-T0048 迎來了它這一季的花期。

每日去看它，總是嶄新的模樣。樹啊，它的生命節律就像人的歲月輪轉，你知道它終會開花，所以你得等；你也知道不久後花期會過，再熱烈的火紅都會一一凋謝，也要學會告別。但只要它活着，還生長着，你與自然、與這座城的聯結就永不消逝，就永遠會等到它的下一個花季。

# 玉米

楊芊茵
香港城市大學中文及歷史學系文學士（中文及歷史）

「您的包裹已到達自提站，請二十四小時內領取。」手機突然收到一條信息。

我看了看日子。哦，十月，是玉米來了。

每每到了十月，外婆總會不遠萬里從家鄉寄來一大箱玉米。玉米本身不是甚麼稀罕東西，只是常見的農產品，在香港還不貴，甚至寄來的郵費都要比它的價值高。可外婆就願意寄。舅舅說，這是外婆非常重視的事。玉米收成的時候，外婆一大早就起來，在田裏一個個挑揀，只要漂亮的，然後搬到她的三輪車上，從村裏拉到縣城的快遞站，再花上百塊錢寄出。媽媽覺得不值當，說過外婆一回，她卻說：「你管我！我外孫女喜歡就愛吃我種的玉米！」

但其實，平常玉米很少出現在我的食譜中。我們都知道，外婆寄的不只是玉米。

說起會有這個誤解，是我第一次回鄉的時候。

我的家鄉是名副其實的「鄉下」，還在發展，所以想去那裏，坐完飛機還得再倒四個小時的大巴車。本來坐車不是甚麼難事，但難的是，為了省錢，鄉下的車子一般都不開空調，七月盛夏也不例外。可烈日不留情，烤得柏油路直冒熱氣，人在車裏直發昏，就連狗都趴在路邊不想動。沒辦法，我只能開窗散熱。

我這個城市孩子到處張望。這跟香港一點不像，無論我甚麼時候抬頭，映入眼簾的只有大片大片的田野，一望無際。其中還夾着些磚瓦砌的房子，外牆上有噴漆寫着「種玉米，二十五元一天」。我查了才知曉，原來這裏一大片的翠綠，都是玉米苗子。黃淮海地區，玉米和小麥輪着完成一年兩作，如果三四五月份去，只能看到小麥。而七八九月份去，就只能看到玉米，有些是春玉米，有些是秋玉米。

晃了好幾個小時，總算是停在路邊了。

這裏的柏油路一側是綠蔭，很多人在乘涼歇息。駛到這的時候，我耳邊只剩刺耳的嗡嗡聲縈繞。但他們就像聽不到那密密麻麻的蟬鳴，愜意得很。有的鋪涼席讓孩子在上面睡覺，有的坐着小凳在打麻將，有的在賣雜七雜八的東西，外婆就在其中等着我。

外婆坐在鮮紅色的三輪車上，看見大巴車來了，馬上下車招手走來。我坐在三輪車後面的車門，聽風演奏的交響樂。經過一塊地時，外婆指着其中一塊地：「這就是我們家的地，種了玉米，你走之前就能吃上！」

我一聽，來興趣了。剛來的我看甚麼都新鮮，新奇得很，於是蠢蠢欲動，自告奮勇：「姥姥，我也想幫忙！明天我也來！」外婆不願意：「你別下地裏，地裏可髒，有蟲有老鼠，咬着不得了。」我一邊聽着外婆的勸阻，一邊計劃在明天該穿甚麼。第二天，我就坐上了小三輪，顛在還沒鋪好的土路上。

我經常跑去看玉米，一天兩遍，只多不少。外婆也不嫌我煩，每天捎上我，我偶爾幫着打藥、澆水、施肥。吃飽喝足的玉米苗蹭蹭往上長，玉米花嘰嘰喳喳地開，不出一個月，便有半人高了。

這玉米一定是香甜軟糯的。

正當我盼星星盼月亮盼玉米的時候，雨季來了，地淹了。

我去地裏看。太陽化了，天橙黃橙黃的，地也是。一連好幾天的大雨，把鬱鬱蔥蔥玉米苗淹死了。

涼風吹過，玉米苗彎曲着身子淹在水窪，訴說着它們的無奈和悲傷。轉眼，看到外婆滿是皺紋的臉、粗糲的手、厚厚的指甲和指甲裏的泥。

我知道天有不測風雲，但是我沒辦法釋懷。不是有句話叫「天道酬勤」嗎？玉米明明已經快要結果了，怎麼就被雨淹死了呢？

水浸不入土裏，形成一個個水窪，好一陣都不能種東西，只能等冬季過後再種了。我看着一大片淹死的玉米苗，原來不喜歡的玉米，此刻卻魂牽夢縈。跟在外婆身後，念叨着：「姥姥，我想吃玉米，你種的玉米。」

「妞，等明年來，姥姥給你再種。」

可是等到明年、後年、後後年，我又因為種種原因沒能回鄉。但從那年開始，往後的每一年我都收到了外婆種的玉米。

打開那個箱子，一摞長長的玉米須整整齊齊碼好在箱子的最上面，底下是一個個用泡沫袋包着的玉米。

我拿起一根玉米，給外婆發消息：「外婆！今年的玉米可真好看，金黃金黃的……」

# 其實我們都是貓

楊沛權
香港城市大學中文及歷史學系文學士（中文及歷史）

「查得得得撐！」「查粒撐！」

「小平你好。小平你好……」新光戲院正在上演李居明新編粵劇《小平你好》，小春子張春橋在江青太后面前密謀害小平同志，然後自己裝作小平的語氣來給太后請安：江同志您好 —— 太后即回以兩句語氣不同的「小平你好」，先是表面的打招呼，略帶陰險，後是想到大敵將除，自己大權在握指日可待，其得意之貌溢於言表。

小平曾言：「不管黑貓白貓，捉到老鼠就是好貓。」這句話足見其實事求是的作風，與前朝大有不同。然而細想之下，其實我們都是貓。

「嘈咩嘈，咪整緊野食比你囉！」我沒有養貓，但平時在 YouTube 看到網紅直播時，這些均是家常便飯。嘈咩嘈，你的命運掌握在我手上，幾時有得食就食。雖說我們是自己命運的創造者，但是身為一只小貓，「餓死冇命陪」——喵／諾／喳／知道老婆。

這是貓喵生活的智慧，有自己一套聊以自慰的方式，卻永遠走不出命運主人的掌控。這一聲「喵」也是對命運的吶喊，儘管 Euripides 說命運是個聾子。

面對比你強，地位比你高的人，我的眼睛就是證據。我是那只嗷嗷待哺的小貓，即使發狂似的像要把前世和未發生的下一世種種冤孽，通通倒瀉籮蟹般向主人咆哮，你以為能引起他的注意，從而加快動作為你製食？別發夢了，「嘈咩嘈」。

這是主人生活的智慧。我就是江青，待見你時你便風生水起，或要與男朋友辦大事時，便「不需侍女伴身旁，下退！」

「喵喵喵」，小貓似乎有話要說，但諸君似乎不懂貓語，我嘗試為君解憂：「主人，雖然我沒有多大本領為你捉老鼠，因為我是家貓嘛，但是我乖喎，我沒有像其他貓把杯子打碎，沒有在電腦上打字，你為何——」

不錯，你猜對了，給牠說了這麼多話已是天大的恩賜了。溝通？交流？你是人嗎？我好忙的——

我繼續看 YouTube 裏的直播，小貓津津有味地吃着罐頭，低着頭像足古時低頭哈腰的小太監，很乖地吃着牠基於生物本能而興奮的晚餐。為本能，為着基本生活的本能，誰會背逆主人的懿旨，你要我抓老鼠，賣兩下萌便蒙混過關，你説我嘈，我帶點失望又水汪汪的眼睛，抱着故作興奮的身體回窩便好。而直播中的主人正在做甚麼？故作專心地看着直播間的「觀眾」，時不時又整理一下她那搖搖欲墜的肩帶，不知道她上班時是否也是這般心無旁騖呢？或許，一般對於貓的認知都是高傲、不受控制，當然這也是人不喜歡貓的理由。但是這隻小貓真乖，沒有主人看着都乖乖地吃東西，真抵讚，但願牠真的是與別不同，而並非聚光燈下的一廂情願。我不知小貓是否有順風耳，我心裏有這讚嘆之後，牠的耳朵突然像聽懂了似的抖動了一下，然後繼續辦大事。我不知是否應對號入座，算了，不看了，畢竟大部分人都不是來看貓的，但他們的頭像有的是可愛小動物——小貓你好。

小平臨終彌留之際，他回看自己在八四檢閱三軍的幻燈片，竟認不出自己是誰，他自言他此刻的願望只是想吸一口煙。然後便坐在他那熟悉的藤椅上瀟灑的向其貢獻了一身三上三落的鄧希賢告別。在朦朧之中，他彷彿看到一黑一白貓拿着一支熊貓牌的香煙遞給他，滿足他最後的願望。戲劇裏的貓是由演員套上貓外形的服裝而扮的，畢竟本質上我們都一樣。我想着當時小平最想的，可能是要最愛的張錫瑗陪他點着熊貓牌香煙待着吧。

這一刻，主人和貓咪的關係必定是最溫馨的。

# 頑固的完美

張瑞珂
香港城市大學中文及歷史學系文學士（中文及歷史）

「頑固」一詞似乎生來就與「老」如影隨形，很少有人用以形容青年，兒童亦無可能，或因「固」之本錢是完整的價值體系與足夠強悍的世界觀，青年人多不善備。因此在代際溝通上，年長者多埋怨幼者的單純無知，並一次次擲下「你不聽我的，到那時後悔也來不及」的震懾，我們則漸不以為意，繼不以為然，甚至在人後與同輩抱怨，回敬以「老頑固」的蔑稱。也許只有真到了「那時候」或在「人之將死，其言也善」等迴光返照的極端時刻，兩代人才能真正走到同一紙頁上，看着洶湧湍流於頭頂的江河，橫斜呼嘯於身側的驟風，疏落飄零於眼前的雨露盡數玄停，虛空之內僅剩對面那雙懇切的眼……至少我與母親是如此。

那日午飯後一切如常，我回到圖書館。昏黃燈盞撒下的仍是冰藍冷庫中集來的徹骨寒光，我亦蝸牛般鑽入與世隔絕的厚外套，僅三十米外有一扇無人問津的窗，遮光簾得以劉海似的匯聚又掩映着餘下三分之二的光景，讓或沉醉或欲睡其中的人尚能自持。然而，一股久違的熟悉卻又隱隱未熟知的氣旋還是拔山倒樹席捲而來。開始自以為只是病態建築綜合症再度過境，怎料未幾不適感便一點點堆積至難以忍受且從未遭逢過的胃痛。沒有天文台坐鎮的外鄉大學生活那刻突然拖我滑落無措之谷，名曰胃酸倒流、胃息肉、胃穿孔、胃潰瘍、胃癌的雪崩裏挾滾燙泥石流朝谷底傾瀉而下。

霎時噼哩啪啦灼燒的火堆熊熊，光點無規律躥跳，時遠時近地迸炸，空谷傳響又靜如死寂。火星禍及緣坡，燒烤似的焦糊與煙靄便騰騰如駕，飛升至狹口瓶端，鑽進萬花筒，放映出吃菌中毒世界裏的萬千五彩小人和纏亂白線團，極遠極深傳來宇宙回聲:「到那時候後悔也來不及……」已經記不清身軀怎樣挪動到校醫室，只在兩小時後疼痛緩釋過才清醒知道，那小人是兒時影像，那白線團，是母親的煩惱絲。

雖然最終得知胃痛的來源是急性腸胃炎，但獨自一人坐在氣溫直逼停屍房的等候室內，絞痛的兩個多小時裏我已彷彿幾次看到曾祖父模糊的面孔，飄飄然喚我去那頭的極樂，隨後便騰雲駕霧而去。繼而透過貓眼那般的小孔，我被引領到彩色世界小學英語課本裏一篇必背短文的文末「Oh, it is mother's cold!」（那是母親認為的寒冷），耳邊迴響的是課堂上老師將其譯做時興網路流行語「我媽覺得我冷」後哄堂的笑聲。那是第一次我從孩童與年輕老師視角，從中英文兩個世界視角同步感受到普世化共鳴 —— 母親們總是過於嚴苛地約束孩子，那也是我反叛花種抽芽冒尖鑽裂土層之源。

路邊攤光顧禁止令、拆封薯片許可證、睡前一杯牛奶目標、KFC 上限一年三次……記憶中母親給我們飲食方面的規定與限制，歷來與十一月必須穿秋褲等同為「媽媽覺得我冷」式不可違抗的細緻家規。幼時頻繁生病，周末的舞蹈班亦是母親為我強身健體而設之法，然而舞蹈學校門口那間 KFC 則是孕育反叛之花的沃土溫床，那時西洋餐廳本土化經營策略之中式早餐粥吸引不少孩童本能的好奇心，我是其中之一。縱然 KFC 早因其煎炸食物上火而其餘餐食營養低的快餐屬性，被母親列入黑名單，甚至不惜夥同父親、老師、同學朋友的父母一致佐證其為垃圾食品，粥也沒能倖免；在「KFC 一隻雞長十隻翅膀」的假新聞風口浪尖，他們甚至斷言一年光顧三次以上必然患癌症，但我還是在將信將疑中一步步成為母親規矩下頂風作案的高手。

KFC 眾多粥品中我獨愛皮蛋瘦肉粥，早餐粥品每日隨機公佈，因此正巧遇到它的餐牌掛在「今日供應」幾個大字下的日子，一周內屈指可數。一年三次的上限已經達到，我仍鼓足勇氣「冒死」踏入門店拿出零花錢，那是做家務五角一元攢下的私人小金庫。未免上課遲到，我還將它帶入舞蹈班更衣室，侷促地，在一眾小朋友慌忙換衣時，在羨慕眼神匯集成的聚光燈下倉皇地吃完，被燙到麻木的舌尖感受比粥本身留存得更久。

不需父母接送上學的五年級，春遊前夜，我使盡渾身解數説服正直的妹妹陪我扯謊，只為那晚睡在窗子外通向大門的一間客房，以備第二日凌晨五點，翻窗去買心愛的粥。尤記次日鬧鐘喧鬧之前我已清醒，在穿雲裂石的、沉默的驚喜聲中，我們收拾好行囊翻出窗去。寒露清風中，星星閃爍的動靜只怕都更大些，順着欄杆一點點爬向大門，只差幾步，最後兩步，一步就到⋯⋯哐——水杯墜了下去，洶湧湍流於心頭的黃河，橫斜着拂過身側的微風，疏落飄零於鬢梢的雨露全都懸停了。十秒鐘後，虛空之中兩雙疑惑的眼聞訊趕來，其中一雙旋即閃過無數擔憂、驚慌、失望與懇切的光。滾燙冒熱氣的那碗粥，只需一口，鮮香絲絲便會一秒鐘從口腔蔓延至全身的毛細血管，皮蛋浸沒其中香水一般肆意展現着前中後調，瘦肉滑嫩縷縷扣擊胡椒微麻⋯⋯可一切美味全沉沒在了虛空靜謐清晨母親的眼眸中。

胃藥下肚少頃，熊熊火堆漸平息，煙靄也退散開去，「不聽我的，到那時後悔也來不及」縈繞良久亦飄遠去。斷斷續續已半年不吃早餐的我，更是已離開頑固周密如身體天文台的母親多年，逃離約束的日子誠然快樂而無憂，也真正送我到了近乎迴光返照的「那時候」，與十多年前的母親對視。如今我願能在懇切之眸中分明，一些嚴苛的約束，只因給予過生命的母親，有幾近完美主義的關愛之心。

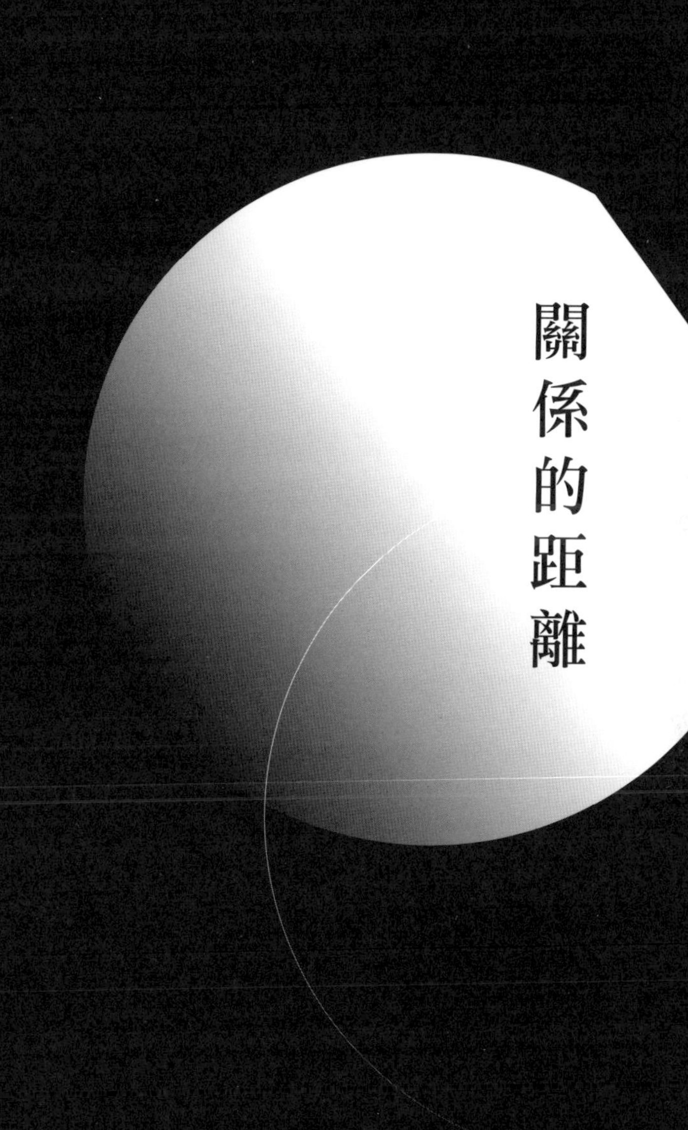

# 關係的距離

# 你與他們的距離

王迦玟
香港城市大學中文及歷史學系文學士（中文及歷史）

這是一個標籤的時代，所有人從第一眼起便為他人貼上標籤。在一地紙片中，你迫切地拾起字詞往身上貼，找尋擁有同樣紙片的群體。在各種群體中打轉的你被問：「你是誰？」你拉扯衣裳，想要看清身上的字詞。從歪歪扭扭的筆畫中，你看到那一撇短了，那一鉤圓了，那一豎側了，沒一隻字屬於你。身上的紙片如雪花落下，冷了你的心。你覺得凍極了，大家都聚在一起互相取暖，但你不能，因為你與他們不相符。

這是一條綿長的路，四年來，你日復日地行走。

課堂的點名紙迫使你每天回到大學。紅蓋的小巴來了，你發現八達通機披着黑布睡了。「無良的商人」，你聽到有人低吟，那是位被褫奪乘車優惠的老人。申請乘車優惠需要固定車資，但小巴本就會互相借用，價格浮動，借用時唯有蓋起機器，改收現金。多麻煩呀，他也可不申請，但他沒有。你知道黑布下是商人的善心，只是累極倒下了。不過，你又想，你也與老人一樣，喜歡小便宜。

小巴到達葵芳，你轉身遁入地鐵站。列車駛於上層，運輸帶一上一下地流動，將一批又一批的人餵哺至月台。列車由右而至，你熟稔地鑽進車門，佇足於右側的玻璃薄壁。車廂兩邊皆設門，在太子站前，這邊車門始終緊閉，對面則不斷開合，上下車的湧流將不能浸染你分毫。

你遠離洪流，打量眾人的方位。車廂有四大位置，最好當然是座位，但年輕力壯的你與它的緣分總受世人刁難。其次是車門旁的短牆，四個單人位置，聰明的你早已霸佔其中。車卡接駁處是最危險的，卻因着一整面白牆，受人青睞。只是膠牆光滑，沒有扶手，容易隨列車左右搖晃。以往列車門尚能與此一爭，但自從有車門脫落後，再沒誰敢倚靠了。車廂中央紅色扶手柱依序排列，這是最差的位置。處於人流蕩漾翻騰的核心，缺乏靠山，僅憑自身屹立，人們卻不願握緊扶手柱，這是疫情的遺物。

太子站並非目的地，你轉至觀塘線，終在九龍塘站離開。順人流而行，又一城與地鐵站間的隧道微微下陷，站於兩端能俯瞰眾人。右往前，左往後，無論從何端看去，都是一樣的。

回家與返校的路相同而迥然。下班時段的列車是人肉罐頭，人與人之間只剩下手機的距離。那是所有人的掛件，聊天的人會收起，以示尊重。疲憊的人會藏起，沉溺夢海。你眉目下垂，陷入醒與睡的交際處。感受到列車停下，座位上有人躬身半立，前後張望，左右觀察，才茫然坐下。你眼瞼微張，又瞬即墜下，從對窗的漆黑回到無光的夢寐。到站後不是燈火通明的月台，便是滿佈灰塵的廣告，總不是一片墨彩。是否也應細緻觀察才下結論，在精神被夢魔蠶食時，你迷糊地思考着。

急速行駛的列車劃破空氣，金屬尖銳的碰撞，軟膠痴纏的摩擦，在狹長的隧道中反彈縈繞，構建出厚重的樂曲。車廂內一雙雙耳朵被耳機堵起，寂靜中迴蕩的交響樂只伴你垂落黑暗。當聲音變得單薄，你徒然睜眼。車門漸啟，你跨越縫隙。

背離閘口，巴士總站就在眼前。同樣的路線，回程只剩下巴士。人流被壟斷的市場堆積，如蛇般盤纏。引擎發動，蛇頭終能鑽進車廂，蛇身蠕動卻未見縮短。源源不絕的浪泉從地鐵站湧出，隊伍蜿蜒，成了無限增長的貪食蛇。

下班時段的巴士最是繁忙而寧靜，上層更甚，引擎轟隆聲也沒法侵擾，乘客的耳機卻也從未脫下。也許，此刻，包裹着你的寂寥，在他們耳中是重金屬音樂，你在昏睡前如是想着。

到站的潮退聲驚醒了你。上層走道只得一人寬，小蛇再現，無法擠身的也直起身子靜待機會。你凝視着徐徐下滑的短蛇，待蛇尾處挨近樓梯時才兀然站立，右側乘客連忙讓出空間。你向來不願呆站等待，只能無視他的疑惑，溜至走道，不急不徐的步伐剛好跟在隊伍末端，踏上最後的歸途。

這是一條綿長的路，四年來，你日復日地行走。

這是學校與家的距離，是群體與你的距離。

你獨自為得悉小巴黑布下的善心感動，為注意到車廂位置的優劣雀躍，為思考捷於下車的時機費神。可是，一切皆不可宣之於口。不感興趣的視線與話語會把你千刀萬剮。複雜的思緒誰願聆聽，糾結的命題無人關顧，構成你的元素不值一提，你在星座與戀愛話題間輸得一敗塗地。

四年來，是孤獨迫使你尋求他人的理解，是茫然教唆你以標籤裝飾自身。你冀盼在自由分組時不再慌張，你渴望在小組會議上融入話題，你祈求在每天課堂中相鄰友人。

「我絕不會是怪異的」，你如是深信。

於是，你拾起紙片，用一張又一張的紙片覆蓋自身，融入群體。標籤與本質的割裂使你深掘內心，將片面的特質剖出，以標籤為樣本打磨。你嘗試活成他們的模樣，依附浪潮而活。可你終歸是自傲的，那些構成你的元素，是「你」的定義，你沒法坐看自己被消磨殆盡，由「你」成為「他們」。

「我與他們是一樣的」，你如是希望。

「我與他們是不同的」，你如是暗喜。

不甘平凡，又驚懼不凡。活於染缸，沒於人海，內心卻是遺世獨立的大俠。你是矛盾的，也許所有人都是矛盾的。

在人海沉淪的你，嘗試從海底躍起，左右流盼，想要模仿他們掙扎的方法。然後，你看見了，陽光灑落，深入海面，折射出淺藍柔光。海波蕩漾，成了起伏曲折的稜鏡，浮光四散。光的影子，深淺不一，又白且藍，在海面下織出纖巧變幻的網。這是海中絕景，海之美，只能在海裏發現，捉不住，帶不走。於是，你決意與他們一同下沉。你仍懼於深海的同化，但你知道，你是清醒地沉淪，你與他們相同而迥然。

你終於發現了，你不屬於任何群體，任何群體終不能擁有你。

# 一種老朋友

劉港鑫
香港城市大學中文及歷史學系文學士（中文及歷史）

老朋友，許久未再靜心坐下與你聊天，你說這座城市逐漸遺忘了你，所以你要遠走他方，成為異鄉的旅客。聽聞我很抱歉，挽留的話就像魚骨，哽塞在我的喉嚨裏，成為了無聲的叫喊。我無力阻攔你的離開，但仍盼你有回心轉意的一天，你彷彿看穿我的心意，你無奈地搖了搖頭，苦笑着說自己離開的念頭早已在二十多年前便已埋下，只是捨不得這座可愛的城市、這裏的人和事，如果可以也想在此永遠扎根。

我想起你自我介紹時，曾打趣地說你的家族有八千多萬人，我怔愣甚久，猜想你應該是跟我開玩笑，後來翻查你的族譜竟發現你所言屬實。我記得你有九個兄弟姐妹，性格、志向以及興趣各有不同，你還說你的家人廣佈於嶺南一帶，大多居住在廣東、廣西等等，後來子孫繁衍來到了香港。你與我細說你家族的歷史，談到近二十多年開始衰落的時候，你不禁有些傷感，感慨身邊的親人已經沒有多少，有些早已經在歷史的長河中長眠，有些正在被打壓。

「我有一個好朋友，叫做阿脯，他原本是北京一個不起眼的家族，我有一次在旅行途中恰好碰見他，雖說大家的文化不同，但我覺得與他一見如故，從歷史淵源到文字書寫，我們無一不談……但後來在巨龍國要選一個甚麼代表，就在一次會議上，在各方爭論投票下，他就在眾多門戶大族中脱穎而出，好像是以一票之差贏了成都的家族。搖身一變就成為了巨龍國的大紅人，最沒想到竟翻臉不認舊情，更處處逼迫打壓……」

我有些憤憤不平，不理解你朋友阿脯為何如此冷漠，不明白一場會議為何會改變兩人的情誼，你聳了一聳肩膀，拍了拍我的後背，你並不怪責誰，也不抱怨自己的命運，只是緩緩地説世事無常。

我和你悄然地走進了北區公園裏，公園裏樹影婆娑，一縷縷的陽光穿過翠綠的樹葉照耀在石板路上，路的兩旁種滿了桂花樹，樹幹佈滿大小不一的褐色斑點，碧綠的葉叢上金黃點點，桂花的花蕾散發出淡淡的清香，隨着微風把細微的甜香味傳入鼻腔裏，卻又不會過分甜膩，你我走在路上一邊感受自然的美好，一邊細聽着麻雀們的交談聲，好不愜意放鬆。

走在河畔邊，附近有些學生坐在了木製的長椅上，歡快暢聊着社交媒體上的影片，學生們笑語盈盈，但你好像融入不到這其樂融融的景象中，反而臉上的嘴角輕輕地噘了一下。你停下腳步，倚靠着有些生鏽的鐵欄杆，看着湖中央的松樹而有所沉思，忽然問我一句：「我是不是太敏感了？」我有些詫異，搖搖頭等候你的補充，你說自己彷彿從那群學生的口中聽到了阿脯的消息，現在社會到處充斥着有關阿脯的話題，自己好像患上了焦慮症，無論話題孰真孰假，只要是又或是關於阿脯，自己都會莫名地喘不上氣。

你帶我走進回憶的長廊裏，你說你的家鄉曾經有一場爭論，因為脯氏人的不請自來，弄得許多人都人心惶惶。早一輩的鄉親父老說拼死也不會迎接脯氏人，自己家族乃是有上千年歷史的中原大族，迎接是等同於消失；晚一輩的年輕人則認為迎接與接受兩者沒有衝突，更何況是巨龍國的代表，反倒如果不迎接，自己可能會惹禍上身。兩方爭執不下，他們不約而同地都看着你，等待着你說出自己的見解。一個存活於千年歷史的大族，正是他的存在衍生了許多特色的文化，譬如文學、詞彙聲調、文字等，可是脯氏人能帶來更多的便利，尤其是脯氏人的人脈是認識全國不同地方的重要媒介。

你思量甚久，依舊作不了結論。你曾提及家鄉的電視節目本是歡樂融融，可惜自脯氏人的到來，電視台全都被撤走了，不論是情節內容，還是演員，餘下了數個不起眼的廣告是你家鄉的人。無奈的是，脯氏人為你們帶來了經濟，生活素質有所提升無疑有賴他們，故你們大多人只敢怒不敢言。脯氏人的到來可能是機遇，但同時也是一種威脅。一個人、一個平凡家族的消失可能對國家無傷大雅，但如果是源遠流長的大族呢？

「那你有怨恨過阿脯嗎？」

「怨恨有些談不上，反而只是有些感慨。阿脯也許是時勢所逼，抑或是一時被豬油蒙了心⋯⋯吧。」

「你還真是個好人，他這麼對你還替他辯解。」

「我寧願有一個美好的幻想，也不希望做出一知半解的冤枉。」

「那你之後有再跟阿脯聯繫嗎？」

「我想留在這裏，永不離開，可是不離開便找不到光了。你會怎麼辦？」

你沒有回答我，倒是反問我會如何抉擇。你呆呆看着波光粼粼的湖面，我也不再說話，我知道你的心扎根在這座城市，過去的人們都未曾忘記你，如今記得你的人卻已經逐漸變少，有些可能老去，有些可能已經離開城市，未來又會怎麼樣呢？你只是擔心、惶恐、不安，日後還能在這座城市中找到你的足跡嗎？我無法回答你內心的疑問，也無法慰藉你心中的憂慮，我只能抽出紙手巾給你擦拭眼淚，拍拍你的背脊，你長嘆一口氣，像是要把心中的鬱悶和憂慮一併吐出。

黃昏的晚霞佈滿整個天空，把原來白色的雲朵染成各種色彩，有淡黃色、有粉紅色，就連原本淡藍色的人工湖也漂染成了落日的橘紅，微風輕拂你的兩鬢，卻不能夠吹散你的焦慮。前路茫茫，徒增你的憂愁，我很抱歉回答不了你的疑問，更不能替你選擇是離鄉背井去尋找新生的可能，或留下頑強面對衝擊，但我願意默默地陪伴你，更希望把保護的責任交給這一輩和下一代。

我指向遠方的夕陽，願你那忐忑的心可以在未來得到休息。

# 背帶

黃日暉
香港城市大學中文及歷史學系文學士（中文及歷史）

人總是這樣，在外面習慣了點頭哈腰，然後將情緒打包給家人。別人老說借酒以消愁，但我未曾借過，去 7-11 便利店要一瓶稍帶酒意的蘋果味氣泡飲料，在那幾縷可有可無的酒勁的簇擁下，孱弱的念頭就是拉開叛逆的房門跑到媽媽面前說一聲：「對不起！」可連道歉都要仰仗外力，酒後吐的真言也就如這瓶不足五度的酒。壓在心頭的蓋子終究還是沒有隨着氣泡翻湧的嚮嗝從咽喉順勢而出，都是飲料惹的禍！

切好的水果，煮熟的飯，鋪妥的床單，洗淨的衣服，拖過的地，媽媽和大多女人一樣，繼承了中華上下五千年優良的脱氧核糖核酸；而我是那麼理所當然地接納了，卻又故作緘默，一言不發，幸好我不是甚麼虔誠基督教的信徒，不然少不了説句：「多謝天父賜我飲食！」我感覺這是對媽媽的二次傷害。切成蒜瓣似的蘋果在送去我房間之前，媽媽總習慣泡一會鹽水，就如裹在襁褓之中的裸露嬰孩暫且酣睡，並象徵性地囑咐我：「快點吃！不然就氧化變壞了！」從前媽媽還不是媽媽的時候，也有過花開堪折的季節，可她卻為他結了果。從此油煙味取代了花季的清香，時髦的斜背袋換上了這個名為家的背帶，就如同垂釣着蝶蛹的細嫩枝條，在化繭成蝶的過程中壓垮了它最後的韌性。如今我早已果熟落地，展翅高飛；廿餘載來，媽媽又將「家頭細務」打包束在岌岌可危的腰肢，一如當初。都說時間是最好的止痛藥，但堵不如疏才是古已有之的良方，未免下次的水漫金山，才四十二歲光景就在中醫診所和按摩店的床位「上了車」，「又花錢打了自己一頓」是媽媽常常晾起來以示人的話。那一圈圈黑紫色暴露在頸肩的連結之處，是奇異博士的光圈，光圈裏是往日那道道嵌入骨髓的背帶痕，猶如展示着收藏已久的勛章。

閒時，約親朋好友上茶樓，可媽媽不喝茶，也不是她不愛喝茶，昨晚的她已在大門緊鎖的夢鄉外獨自漂泊，深怕這如末日洪流般的茶水沖毀辛苦搭建一宿的睏意。但媽媽會為我們點上一壺，或普洱或壽眉，空氣中沏茶和蒸點氤氳的清香，艱難地撐開她對世界認知的窗口；她只喝水，其實說是水，更像溫過的陳年老酒，抿盡往日征戰沙場的醇厚與如今卸甲歸田的平淡。她一如說書人書接上回的架勢：「我大肚時還參加學校的跑步跳高呢！」恨不得把趙子龍七進七出救阿斗那英雄模樣臨摹在臉上，也慶幸媽媽的畫工平平，讓我免遭後主劉禪癡癡呆呆的無妄之災。昨日因結今日果，也不知道是不是媽媽蹦躂得太起勁，我很早就出來見世面，沒有按部就班的我天生就有點逆骨，用媽媽的話說就是挑剔且難伺候。

後來媽媽也如趙雲懷抱阿斗一般，只不過我更喜歡背在背上，用那條朱砂紅布，左邊雕龍，右邊畫鳳，像是深海大烏賊般吮吸着，媽媽的雙手前後搖動如鞦韆，左右晃蕩如搖籃，日日夜夜拿時間去兌換我安眠入睡的空間，那泛起的霉斑點點是我在犯案現場遺留下來的被呵護的痕跡。她七情上臉好像穿越了時空，身臨其境揮手踏腳地示範着在冬天背着哄我入睡的經歷。我靜靜坐在旁邊聆聽，因為我是一個聽眾，更不能反駁，因為我是故事中的主角。也不知道母親是不是有當作家的天賦，但是家人和媽媽都給一樣的口供，我也只能對小時候的我說：「幫不了你平反啊！」我爸常說我媽聊八卦時是一天中最精神的，可能這是普天之下所有女人的出廠設置。但顯然她的精神源泉來之於我，那種脫光衣服、遊街示眾的感覺，猶如墨刑一般沁入我的心室裏。

這麼多年背帶的束縛，病痛的爬牆虎肆意孳乳，壓垮了分隔白天與黑夜的壁壘，現實與夢境混為一談，別看她說的時候輕鬆寫意，每當夜幕降臨又是一片狂躁的哀嚎。那時，每次媽媽把我從背帶上放到床上去，不睡一會兒，就會被我的哭聲吵醒；一來一回的拉扯，就像精神的背帶在不知不覺中蔓延到脖頸，再喘氣、睜眼天已微亮，數十年如是，反之現在她的兒子是個富貴命，坑娘玩意兒，一碰到床倒頭就睡，雷打不動，宛如天蓬轉世。你說我媽能忍嗎？後來自己跑廣州工作了。而我就丟給奶奶帶，奶奶那會還住在農村，總是把我用背帶固定好在腰後，背着我去田裏給菜施肥，後來奶奶去了香港之後，用背帶把我精心包裹好送到了婆婆家。

長大之後，也堅信我這獨生子地位無人能撼動了，絕對不是因為一孩政策，而是多多少少聽到一些我小時候的軼聞。但說來也奇怪，不知道我媽在哪聽來的偏方，說再生一個就會改善睡眠質量，沒想到我爸媽也是雷厲風行的狠人，咚的一聲就給我來個妹妹。我媽立馬就叫婆婆把祖傳的紅背帶寄來香港，死活都要讓我嘗試一下背妹妹的酸楚，兩次三番之下直呼投降，而妹妹好像是和我一夥似的，白天不哭不鬧，把所有的精力都留到三更半夜給媽媽一人享受。我媽怎麼也沒想到時隔多年，在她四十二歲的光景還嘗到了熟悉的味道。母親好像一個十連抽都抽不到好牌的賭徒，次年，噹的一聲又給我來了個妹妹，可還是難逃一劫。

我是負債來到這個世界上的，年齡增值，道歉的話反而沒有小時候這麼輕易脱口而出，但只要媽媽説：「阿仔幫我踩一下背！」我都會輕而易舉地推開我房間的木門。

# 裝模作樣的無神論者

熊雨佳
香港城市大學中文及歷史學系文學士（中文及歷史）

我家有不少佛教徒。

有多少？一家九口中，六人已正式皈依，包括祖父母和四個姑姑，我父母半信半不信，只參與捐功德錢。我童年有無數生活細節與佛教相關，如祖母在時，要晨昏點香，如果她起不來身，便指使我去陽台，在萬戶茶爐濛濛白霧中，以裊裊三升線煙敬告神佛。四個姑姑輪流照顧臥床的祖父母時，也會將念佛機打開。一張烏木老桌，我伏一角寫作業，她們就坐一側「噠、噠」地慢撥念珠，瘦削的右腕上，都足有九道戒疤。我的祖父母受沉疴折磨多年，犯病時卻絕少去醫院，往往將門戶大開，請數位師父與居士來家，振鐸誦經，我有時會被關進臥室，有時能坐在客廳，一仰臉，輕易就被漫浸在海青衣影裏，濃郁的檀香一把我嗆得皺鼻子咳嗽，我就會又被拎回臥室裏。

九個人裏，只有我是堅定的無神論者。

當然小時候根本不曉得這個用語，我只是對很多佛教故事、佛理頗多質疑，每每被姑姑們帶到雲居山上見幾位禪師，對自己的師父頂禮一拜後，總好發讓長輩們「石破天驚」的疑問，比如問佛教講究眾生平等，何以男修女修就先不平等，女修為何要有「轉女成男」的誓願，正果何以只能由男身證得，我所見的居士間，何以男眾俱稱「大師兄」，女眾只稱「師兄」。禁事葷可食素，秉持的是「勿殺生」的教義，但萬物有靈，難道因動物能在受宰時痛呼哭泣，植物不能，便能安心享受 —— 現在回想其實全部邏輯不通，對長輩而言，更是狂悖。

當時我一位也做居士的遠房大伯正忙着打板，提醒一眾僧人居士集合用齋。他體格如熊，繃着臉用木板使足力下敲方青石，神色嚴峻到像在古戰場上鏜鏜擊鼓，聽到我説話，敲錯一拍，哎呀呀喊起來，張舞着大手就要拿我。寺廟禁跑，我就嚇得躲師父背後，我師父也體格威猛，穿着僧袍更顯臃壯，足能與大伯相峙。大伯也不造次，洩氣瞪我，我師父確實好修養、好脾氣，付之一笑説慧佳有幾分機鋒、有幾分禪意，實在是對我很寬容。

總之，我不信六道，不信輪迴，不信地獄，甚至還在心裏偷偷講家人迷信，完全沒想到這自詡清醒的無神主義竟也會有破裂的一天。八歲時，祖母去世。大年初三的夜晚，我和父母在外婆家倉促接到噩耗，一邊難以置信到失語，因為除夕家宴上的祖母明明是那樣康健、那樣高興；一邊悲傷於根本沒見到她最後一面。除夕那天，我家裏來的親戚空前得多，足足坐滿四桌，祖母不能下床，但晚輩繞膝説笑，一直樂呵呵地攏不上嘴。二姑説，或許正是因為她覺得此生圓滿樂足，便這麼去了。

她的遺體和祖父一樣，被送上雲居山火化。當時山上漫天松濤竹浪，彼伏如海，所有人都在低頭誦念，祖母安詳睡在一座棺轎中，全身撒滿假花，作極樂世界周天雨花之狀，我看到師父一手執炬、一手輕闔上火化的洞門。在那時，親屬是不許哭的，否則逝者將留戀塵世，難登極樂，但我素來沉穩的父親還是猛地大嚎出聲，失態得像所有人都把他丟棄了一般。那一瞬間，幼小的我突然懂得死別是何種滋味，眼酸欲泣時，被居士大伯一把摟抱住腦袋。

祖父母的骨灰被安置在虛雲禪師的舍利塔下，之後年年我只要有閒暇，便跟姑姑去山頂大寺做超度法會。一場法事往往從晚上六點做到十二點，九歲去時，我頭次認真背誦了《阿彌陀經》，隱沒在一堆老居士間揚聲誦念，睜大眼睛，不願錯過黃幡下神牌前的任何動靜。因為上次三姑做完法會後哭了許久，她說誦讀《阿彌陀經》時，感受到了祖父潮濕的影子溫柔抱擁住她。於是對親人強烈的思念讓我寧願信一點怪力亂神，但撐過六小時，當一切結束後，大家慢慢散盡，只有我坐在山頂高臺失落感受冷風吹渡海青衣時，我才想為甚麼誰也不曾來呢，難道是我始終不虔信嗎。

再長大些，我發現徘徊在「不信」與「裝信」間的，還有我父親。我和他聊起這些思緒時，他正吃醉了，滿面酡紅，笑着說你爸爸要是真信，哪能敢吃酒又吃肉，不過每年認真拜拜捐功德錢，希望你爺爺奶奶真去西方極樂世界。那段時間，他經商不易，常上酒桌，五十歲的人，醉到底還會大哭特哭地喊老爺子和老娘，到最後，一頭碰進觀音臺下，如同將腦袋陷落母親懷抱一般。後來，我有愈來愈多的親人離世，長眠去了雲居山上，亦包括照顧過我的一些居士奶奶、一些禪師師父，於是我在法會上想見的人愈來愈多。我從前雖難理解他們愛對我説教，叨唸着不許妄語、飲酒，少吃肉，但我知道，他們待我始終溫厚寬和。我的居士大伯陪我送走了一位又一位親人，我以為，他會陪我再長大一程，但他在去年被新冠奪去性命，也歸骨雲居山下。那時我還在香港，真難想像我那黑熊一樣威武雄壯的大伯，也有躺在床上身軀漸漸枯竭的模樣，我心裏怪他根本沒完成看我畢業、結婚的承諾，卻還是在慈雲寺慢慢逼回淚意，為他磕了一個響頭。

我希望他們都去極樂世界，為這些人，我雖然仍不信佛，卻情願相信世上真有一個令人無牽無掛、無憂無慮的地方。不知道這樣我是否仍算一個純粹的無神論者？若不是，那就姑且做一個裝模作樣的無神論者吧。時至今日，我去佛寺，仍會虔誠地連連頓首，再拜再拜，説着阿彌陀佛、觀音大士，若能一切回還，請回到我八歲的除夕，所有人都在談笑，所有人都不曾離開。

# 家

郭杏瑤
香港城市大學中文及歷史學系文學士（中文及歷史）

不知道從何時開始，「家」的概念愈發模糊不堪，距離我愈發遙遠。

爺爺佔據着我記憶的盡頭。那時候，他總是會推着嬰兒車，帶着我到家附近的公園散步，一邊逗我玩，一邊與他的老朋友談笑風生。他也會在我幼稚園放學時來接我回家，每一次他都會給我一顆橙味的嗒糖。可是，我特別不喜歡他吸煙的壞習慣，牽着我的時候，另外一隻手卻握着那害人的東西，吞雲吐霧的。走到家樓下的一座鐵橋，他總會朝着橋下的植物吐痰，不知為何，在他離開的多年，這噁心的畫面卻尤其難以忘懷。其實，這樣平和的日子沒有持續多久，大約三年後，爺爺便撒手人寰了。彌留之際，他的兒女、妻子、孫子都在呼喊着他，好似這樣就能把這場離別來得再遲一點，好似這樣就能把他留住。他彷彿聽不見周遭那些悲傷，只有當我呼喚他的時候，他才有回應。

人人都在流淚，我的眼眶卻是乾涸的。許是有風吧，我想。這風多麼奇怪，一邊刺痛着我的雙眼，一邊撫去我未曾流出的淚痕。

後來的無數個瞬間，都在提醒我世上最愛我的人已經離開的事實，不會再有人無條件容忍我的壞脾氣，不會再有人付出時間來陪伴我，不會再有人在我惹他生氣後還笑着對我說沒關係，又因為害怕我不舒服而揮舞着雙手驅趕那些房間裏的煙味。為甚麼是他？又為甚麼是我？而我只能在心底無聲地質問上天的不公。每一次，當我回家時看到他的老朋友，我總會抑制不住地想如果他還在的話，就好了。

學習的壓力很大，大到我快要喘不過氣，那些功課和考試化作一頭頭兇狠殘暴的野獸，張開血盆大口，混着血肉吞噬着我所有睡眠和美夢，唯有中文字和數字能帶給我些許慰藉。最最悲哀的是，我有一個優秀的表妹，在名校就讀，且名列前茅。而更悲哀的是，我還有一個同樣優秀的妹妹，每年考試成績都在全校前十。這讓我不得不害怕面對每個節日、生日，那些隱形的刀正在逐漸把我凌遲，慢慢地把我撕成碎片。而我也不由自主地拿起這根由無數比較、攻擊、嘲笑的語言所編織而成的繩子，橫在我的脖頸，一點一點地拉緊，直到我的瞳孔放大，皮膚發紫，痛苦才會遠去，縱使滿身傷疤。

家裏的收入一直都不算高，而大學的學費是有些難以負擔。爸媽不自覺地嘆氣，又長出了不少白頭髮，吃飯時似玩笑似認真的抱怨都讓我無法自控地生出絲絲慚愧、內疚和虧欠。於是，我開始了半工讀的大學生活，同時也愈來愈喜歡打開手機裏的計算器，計算着生活中的點滴，計算着那逐漸減少的虧欠。結果在一個月黑風高的晚上，我不幸地撞破了一場陰暗的交易。看着妹妹手中那刺眼的鈔票，媽媽那心虛躲閃的目光，我才恍然大悟原來金錢的確是可以用來衡量愛的，而我是這場博弈裏唯一的輸家。因着曾有過的癡心妄想，而愈發覺得自己實在是難堪至極，或許我只能幻想着有一天會有一陣風穿過某個人的身體，代替他來愛我。

甚麼是「家」？我一遍又一遍地質問自己，我的家在哪裏？它還存在嗎？還是説，我從來都沒有過？房間裏的窗簾被風吹得像個氣球一樣漲起來，風一走，它又恢復成了那個乾癟的樣子。我被窗花隔絕在世界之外，只能透過監獄裏的用來防止犯人逃跑的柵欄看着廣袤的天地，卻又茫然於自己的歸處。不得不承認香港是個很好的城市，讚嘆它的繁榮，這也讓我感覺馬鞍山好像不屬於香港。馬鞍山的生活閒適，空氣清新，街道也不算擁擠，人們會在海濱長廊上散步，吹着海風，看着海鷗往那片湛藍色的、一望無際的天空飛去。饒是這樣遠離塵囂的一個地方，我還是不滿足，忐忑外面繁華的街道早晚會變成毒蛇，爬滿馬鞍山，毒液會侵佔所有人的大腦，屆時，人們不再是自己，忘掉未曾實現的夢想，剩下一件件華美但腐爛的衣裳。

我每天都很想去旅行，每次別人問我為甚麼，我總是說：「因為不想留在香港。」然而，我也不知道自己到底為甚麼不想，也許是因為畏懼着甚麼，逃避着甚麼，壓抑着甚麼，又或許是因為已經沒有任何人和事物值得我去留戀，有過的愛和恨和一切複雜的情感也就不再重要了。一個渴望自由卻又滿身枷鎖的靈魂在叫囂，在尋找着缺失的愛，愛是一條風箏線，拉扯着四處奔波的可憐蟲，強行把它們拼湊成一個家；

家是一個散佈着馥郁香氣的沼澤，令我深陷泥濘，無法脫身，到死才明白原來所謂香氣竟是來自害人的罌粟花。

苦苦掙扎之間，我幡然醒悟，我雖然未找到家在何處，但家的肖像早已躍然紙上，它應當是一間小小的、溫馨的白色糖果屋，淡淡的橙香會包圍着我和全心全意愛着我的人，微風會在屋子裏輕盈地跳躍奔跑，驅散着躲在暗處的利刃與隨時準備吃掉我的大腦的悲傷，不是天堂，卻勝似天堂。我也會在這裏獲得永久的快樂和自由，任由愛在我的身體裏縫縫補補，直至長出全新的血肉，然後鬥志昂揚地征服必經之路上的懸崖峭壁。

往後的日子，我大概會拿着家的肖像，乘着那股溫柔的風，像警察追捕嫌疑人一樣，懸賞通緝，又腳步永不停歇地尋找下去了。

# 窗邊的西提姑娘

李曉瑩
香港城市大學中文及歷史學系文學士（中文及歷史）

窗邊樹枝似乎又長了許多，都快伸進來了。我伸出手挑弄了一下那新冒出來的嫩芽，那小小的芽兒就好似會在手中撒嬌一般，好新奇的感覺。我正玩得起勁，走街串巷的叫賣聲斷斷續續傳來，卻只聞其聲不見其人。叫喊聲愈來愈近，迴旋般不斷湧入我的耳蝸。我探出了身子，企圖聽清楚這小販究竟在喊些甚麼。還沒等我聽清，就看見隔壁人家叫住了那小販。小販在隔壁家門口停下，放下了肩上的擔子，只見那人深深吸了口氣，我估摸着是那擔子實在過於沉重，要不就是這一邊走一邊喊，累得慌了。小販從籃子中拿出了東西，看着應是在推薦自家的東西。接着，小販將手中的東西切了一塊給隔壁阿姨嘗嘗，隨即阿姨就買下了許多——小販臉上的笑容都快溢出來了。

我正想着阿姨買完了，那小販一定會再繼續吆喝。我定能聽出他究竟在喊些甚麼，可聽了半天竟仍不知所賣何物——小販喊的是方言？沒想到讓我一探究竟的機會這就來了——剛剛買完東西的阿姨沒回家，拐了個彎倒是來了我家。只聽見阿姨一進院子裏就吆喝着叫開門。我趕忙地跑下樓去，媽媽已經先一步開了門。一看到我下樓，阿姨就連忙喚我過去，似有甚麼新鮮玩意要我嘗嘗。乍一看，不就是油條嘛？還以為有甚麼新奇玩意，就是這油條都蔫了，還不長。一問才知道原來那不是油條，叫作「馬蹄」，吃起來甜甜的。

趁着大人在聊天，我趕緊拿着阿姨給的「馬蹄」溜回樓上，繼續趴回我那舒服的窗台。我一邊吃着甜乎乎的「馬蹄」，一邊看着買菜回來的街坊——他們都提着許多東西。我心中想着：若是我將院裏圍牆上的那道小門打開，他們便就可以直接從我家的院子穿過去，而不用從我家邊上的操場繞上一大圈才可以走過去。或許我還可以賺點買路財，那生活豈不美哉？思緒到了這時愈發不着邊際——我搬了塊小板凳坐在小門邊上，學着小販吆喝着過往的街坊從此門進：「叔叔阿姨爺爺奶奶哥哥姐姐們，從我家這道小門過，省時又省力，買不了吃虧買不了上當，過路費很便宜的，只要 1 元錢。」過路的街坊蜂擁而來，而我數着到手的鈔票笑得眼睛都睜不開了。

只可惜總歸是幻想，還沒成真就被扼殺在搖籃裏——我剛跟媽媽炫耀完就被媽媽一頓批，嚇得我猛地從窗台上爬起來。

接着，我換了處窗台繼續趴着。窗台上的風景可謂精彩。有時候，我可以看到對面樓裏的人在屋子裏走來走去，我看着腦袋都有些暈了。不知道有甚麼煩心事，只能在這尺寸之地徘徊。有時候，我也會看到阿姨、奶奶從黑洞洞的窗口探出半個身子來掛衣服。這看得我可是膽戰心驚，竟不知我該擔心她們手中的衣物可能會從高處落下，還是擔心她們會一個不小心從窗口翻出來。不管是哪一種都極其可怕！可當我好不容易靜下心來，就又被隔壁學校放學時的嘈雜聲給氣到血壓直奔一百八，菜場的吆喝聲都比這好聽些。學生一窩蜂從一道小門擠出來，發出陣陣莫名的尖叫，不知是為終於從牢籠裏出來而欣喜若狂，還是為要趕着去下一處「知識的天堂」而哀嚎。而那此起彼伏的鳴笛聲，更是一個比一個尖銳，就連我那隔音的玻璃都不太管用。校門口前的紅綠燈遲遲不變，後面的汽車不斷催促，誰也不讓誰，人人趕着彎道超車。真是好笑，城市人那分秒必爭的可貴精神真是體現得淋漓盡致。明明是假期，這些學生卻還要上學，不愧是「名校」！

而大多數時候，我的視線更願意放置於那有稜有角的天空，因為每次看都會有新的感歎。天上的白雲慢慢飄動，開始它們還大片大片聚攏在一起，看不出形狀。慢慢的，它們散開成不同的形狀。就好像看了一部連續劇，一開始是片頭曲，慢慢的，真正的劇情才開始上演。啊，那朵雲長得好像「馬蹄」，不知道是不是也甜絲絲的。而一天最美的時候便是夕陽落下時——絢麗的橙紅色與深藍色交雜在一起，衍生出一排排漸變色。我在窗邊見證着這場華麗的落幕，那四四方方的天空終歸回到平靜。這時，白雲都退場了，只剩下一片髒兮兮的，夾雜着一絲半縷橙紅的黑幕。我突然看到一顆星星，頓時欣喜若狂——畢竟將飛機閃爍的防撞燈看成星星而失落的經歷也不在少數。而萬里無雲的好天氣也都見不到月亮，畢竟，樓上和對面樓的背後才是月亮最愛的藏身處。

我想要生活在無邊無際的蒼穹下，隨時隨地望見漫天星空。而那方窗台卻困住了我，像是一座自由的牢籠——明明我可以探出去四處張望，卻只能世世代代在這裏生活。城裏的人執着地想留下，城外的人奮力想進來，而我只想遠離……

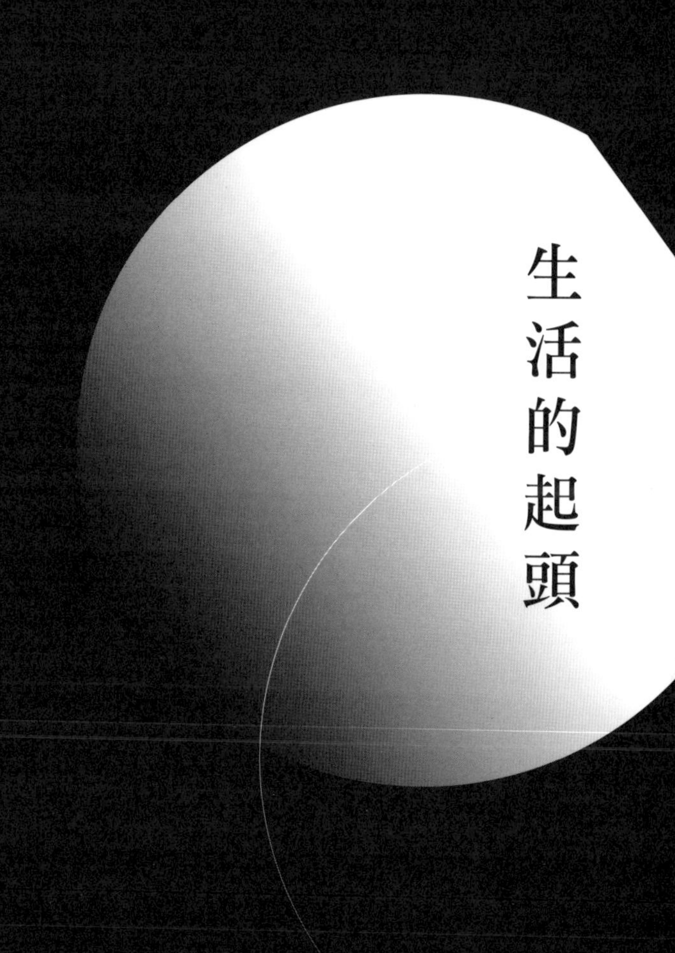

# 生活的起頭

# 紅月光

李雨潼
城市文學獎 2020 大專散文組優異獎
香港城市大學中文及歷史學系文學碩士（中文）

清亮的光束在一瞬間交錯，摩擦的刹那燃起了鮮動的火苗，似乎在醞釀着毀滅不潔的一切。

世人以為那真是一團清晨初生的火種，可我知道那是舞者的意識形態，也是他展現的瘋狂夢境。他身着赤色絲綢長衣，中央空調的風不經意探進他的裙擺和寬袖，遠遠望去真像隨風舞動的火焰，張揚又侷促得離不開火源。他綁了紅色的髮帶，將鬢角的碎髮一同捲入那紅色漩渦，露出淨嫩飽滿的額頭。他的紅色舞蹈鞋完美包裹了他的玉足，薄如鮫綃，嚴絲合縫，將男人的腳顯得更為秀氣，若不離近找參照物相比，恐是看起來和女人的腳一樣嬌小白皙。他眼角點綴了彩繪，以赤為主的，由中間向外擴散，像極了日暮黃昏時的火燒雲，燒到邊緣只剩下淺淺的餘暉，但更是襯得雲中火紅得扎眼。我覺得他要燒起來了，以一種近乎變態的自燃方式，肆燒自己的靈魂。

可除了以上所述，他的所有都沒有被沾染。墨瀑一般的長髮穿過髮帶直直垂落在脊背和雙肩上，眼底像深不見底的藏着蛟龍的黑泉，閃爍着海底遨遊的那巨物掀起的波光。他化了精緻的眼妝，睫毛根根分明，眼線恰到好處地勾勒了一條帶有筆鋒翹尾的弧線。他的唇是紅的，不是各類口紅的傑作，更像是下嘴唇和上齒的纏綿所留下的愛痕遍佈，自然又奪目。他站在單束燈光之下，一步一步向舞台的中心走去，腳步聲在經過了擴音的處理之後像是一下一下砸在我的心上，悸動與不安將我包圍。我的悸動和成年男人看到妙齡女子一樣，渴望着對方的身體和心魄，可我又在不安甚麼？那種從沒擁有過卻一眼鍾意，又求之不得的屬於我的失落。黑暗的場館內只有那一束光，可我覺得不是那白色光柱照亮了他，而是他的火光終結了黑夜。

他微微欠身，是多年練舞的習慣，保持着高傲和清冷，拉開仙境與人間的距離。躬畢，他挺立起胸膛，眼神直直地看向前方，像堅定的錫兵無所畏懼地捍守內心的白月光。音樂響起，拉開了南天門的序幕。剎那間，那個堅定的錫兵消失了，取而代之的是初生的鳳凰。他用身體娓娓道來一個故事，故事的開頭或許在盈滿清鹹味的海濱之城，或許在春陽鋪陳的世外林間，總之一定是能讓人真切感到幸福的。他是懵懂好奇的，微露皓齒，帶着孩童特有的笑意和眼神去感知世界。他的藕臂像羽毛般冉冉浮上，又徐徐飄下。他的步伐輕快得像鵝卵石掠過湖面，短暫又迅速地在平靜中留下點滴波瀾，再回過神時卻只能看到粼粼水暈。他像個快樂的小神仙，靈動地伸展着肢體，去譜寫一曲輕快的序章。

忽而一聲雷響，純淨的音樂包裹了自然的雜聲，節奏像飛奔的馬駒一般愈發急速。他神情驟變，一時變得無措，下唇輕顫，彷彿從襁褓之中被強行抱出的嬰兒，失去了避風港後的慌張圍住了他。他好害怕，他的步伐變得沉重，他在泛銀火圈中穿梭着，那火苗一擁而上，呲牙咧嘴地靠近他，又像是自慚形穢，堪堪停住。他毫不在意般往那火焰上撞，急於找到出口，逃離這令人窒息的壓迫。他的動作忽然變得又大又猛，每一下都敲擊在我的五臟六腑，壓抑的鈍痛被赦免，連帶着呼吸都亂促。他一躍而起，雙腿在空中開到了最大的弧度，伸出手臂去觸碰天光，卻像碰到了滾燙的物件，狠狠墜下。接觸地面的瞬間他像一條擱淺的魚，畫地為牢卻也用最美的舞姿展示求生的本能。他軟得像雲絮，四肢柔若無骨地在地上舞動，「珠纓炫轉星宿搖，花鬘斗藪龍蛇動。」

音樂倏爾變得輕柔，隨即雲霧繚繞，吹到他的身前，他的身軀被遮得若隱若現。他緩緩起身，紅衫沒有褶皺絲毫，一寸寸落得平整。他好坦蕩，不顧身體被纏繞，傲然前行。他輕躍兩步，將雲裹前橋接蠻子一氣呵成，像在空中揮斥下水墨畫，墨痕又轉瞬即逝。他穩穩落地又螺旋一般轉了一圈又一圈，以伸向夜空的手為軸線，空氣鑽入他的裙尾將紅衣下擺撐成了傘狀，像極了山風燎原的烈火，義無反顧。

他完成了洗禮，跌坐在地上，用骨骼清晰的左手撫住臉龐，掩住雙眼，晃晃悠悠，再側傾身體，直至與塵世相融，似落木歸根，又淒美，又無助。世人說他是人間仙子，可人間哪有仙子，人間只是留住了他。

曲畢，火散盡，獨留他一身素紅，像一輪不可褻瀆的紅月，將今夜定格。

# 妳我

陳曦
城市文學獎 2020 大專散文組冠軍
香港城市大學社會及行為科學系社會及行為科學學士

## 帶着春天的氣息

我記得妳十八歲生日那一天在日記本上端端正正地寫下：我與我周旋久，寧做我。像是探見過淵藪的大人給自己做的人生總結。我知道妳是失意於頭回的選考成績，查到成績之後的十幾日仍然噩夢連連，不停重複播放着那個寫着成績的小小方框和因為難以置信而僵掉的自己。也是在生日這一天，妳做了要去薄扶林的決定。後來妳曾不止一次揶揄過自己，揶揄拿着這樣成績的人竟敢去做這樣的決定，實在是個莽夫。

兩個月之後的春節，妳去面試。前一天的晚上，妳和同學在西環的海邊散步，海風好冷，可妳卻説覺得好溫暖，因為那是念書十二年離夢想最近的一刻。

從前妳鄙夷夢想這個詞，覺得好俗套，但當它真正變得不再遙不可及的時候，卻又讓妳體會到了平凡而純粹的滿足與喜樂。

最後的一個學期，我見過日日夜夜難以入睡，腦中滿是文法、文言與數學題的妳；見過因為過度焦慮而崩潰着去看心理諮詢的妳；也見過看到一日日變得明朗的成績而喜極而泣的妳。我知道那半年妳好苦，可我又替妳覺得好幸福，因為一個人一生純純粹粹全神貫注地做一件事，為了一個目標前進的時光能有幾何？這算是年少的饋贈，不論結果怎麼樣，總算沒有虛度一場罷。

六月的宣判到來那天的下午我為妳撒下樹影的點點光斑，想贈與我所有的幸運。分數最後也沒能好到幫妳實現夢想。我知道那一晚是高三一年妳最難過的一晚，因為這一次給的是一個句號。句號意味着結局。結局意味着無法修改。

或許因為不甘心，妳最後輾轉着還是來了香港上學。後來妳同我說妳那一年一直不屑於為了迎合出題人的心思而寫高考「八股文」的自己，妳說妳本就不多的小小才華浪費於此真是不值得。可是哪有甚麼值不值得，九百六十萬平方公里上有一千萬十八歲稚嫩卻懷揣理想的人和妳一樣為了自己的目標在一齊做着這件不知道究竟值不值得的事情。原來平凡之人一齊做平凡之事時可以如此不凡，原來夢想就是不問值不值得。

十三歲的時候，妳曾為我寫過一篇散文〈帶着春天氣息的影子〉，妳寫道：「我看見影子中的萬物蘇醒，看見它們生長，變得美麗。我和我的影子心靈相通。無聲的春天在我的影子中，在很長的沉默中怒放。它永不會消散，春天永不會消散。」六年後的今天，我也想給妳寫一篇散文。春天蓬勃、光芒萬丈卻很短暫，可是我們總是能夠長久地記住它，那是因為它短暫的美給了我們無限而溫柔的回憶。年少時光本身就和春天一樣熱烈而短暫，裏面的小小夢想也是一樣。重要的並不是春天或者年少本身，而是它們留在妳身上的，春天的氣息。

春天的氣息不會在時光中被碾碎，它只會在時光中成長。妳也是一樣。

最後，十二年的結局塵埃落定。妳又一次在日記本上端端正正地寫下：要做帶着春天氣息的人。這便是最好的結局了。

## 給予的人

某夜繁星點點時，妳曾轉過頭同我說：「我一直拿你當最好的朋友。」我雖深知妳是不可多得的開明家長，卻也未曾想到我們之間竟由母女之情派生出如此深的友誼。

填志願的時候，我猶猶豫豫下不了手，望着「香港」二字神傷數日。要提交的那天晚上，我們一起在陽台看日落，妳笑着對我說：「不要去過一眼望得到頭的人生，所以不要去學自己不鍾意的專業。」我知道妳受限於上一輩的視野與權威，曾不止一次地屈從於所謂的合適與穩妥，現在輪到妳當長輩，好多個夜晚我都聽到妳因為難以入睡而不停地翻身 —— 現在想來，那是妳在將我留在身邊與送去千里之外求學間猶豫與徘徊啊。最後妳親手將那個答應過妳不離開的小孩送走，被錄取時，我清清楚楚地望見了妳眼中的悲喜交加，然而我們相擁，妳還是咽下了不捨二字。

想來離別是分割生命的唯一利器，那樣超越歲月朝氣蓬勃着的妳，也在一次次送我離開時漸漸有了屬於我才能讀出的遲暮之氣息。那一天傍晚，我在送妳上機後回學校的路上看到落日餘暉灑滿香港的每一片土地時忽然難以自掩，潸然淚下。陌生土地上所有和故鄉重疊的部分都顯得殘忍至極，而由這種熟悉而陌生氣息帶來的回憶因為難以再現而令人渴望卻不停地失落。我知道那個傍晚之後，不再會有桌上的一杯溫水幫我解除疲乏不安；不再會有深夜點起的一盞燈等我吐出心事；也同樣不再會有無端快樂的人將快樂充滿在空氣中送給妳。從此我們相隔千山萬水，然而那些記憶終歸會像冬日穿在腳上的那雙被和煦陽光曬過的棉鞋——在最冷的時候給我們由下而上充滿全身的溫暖。

從幾年前開始我一直在和妳提平權問題，妳只是淡淡笑着說支持。然而我知道妳用盡一生在踐行，即便是在物質匱乏的年代，想做的事受制於各種壓力時，妳也曾無數次做出獨立而清醒的決定。彼時妳實踐的力量早已超越文字成為我所認為的理所當然。長大之後我才意識到自己幸運至極，是妳替我擋住那些唱衰的聲音，讓我能夠發出自己的聲音。如今我明白，生命永遠掌握在自己手中，要成為自己人生的決策者，前方或許道阻且長，或許不斷會有枷鎖和遮遮掩掩欲蓋彌彰的惡意，然而暗湧會化作洪流，當力量被積蓄、被傳播、被認可，聲音會被聽見。

請妳千萬記得，因為妳我方才渡過現實的險灘得以安穩降落，也是因為妳我才能在無數次周旋着找到自己後與她和解。倘若有天我終於尋到了屬於自己的天地，那是因為妳給了我飛往那裏的翅膀。這更是我一生中真正的不可多得。

## 療癒的開始

穎穎，妳還記得嗎，我們十三歲那年偷跑出體育課，曾在學校的櫻花樹底下一起讀《鼠疫》。後一年的春天，妳不再來上學，我每每體育課跑過那棵樹時，總想起樹底下的我們，想起那本《鼠疫》。

這一個初春，當疫情真正到了身邊的時候，在被失望、感動、恐懼裏挾着的分分秒秒裏，我又再讀了那本已經佈滿灰塵的書。穎穎，我才明白，原來這麼多年妳的感受是像得了鼠疫。在生與死之間輾轉徘徊，卻沒辦法清晰地走向其中的任何一端。而鼠疫實則就是生活，每個人都在當中掙扎，只是程度的不同罷了。抑鬱這麼多年變着法地用失眠、暴躁折磨妳，讓妳覺得自己一無是處，讓妳數次想要自了卻終究有所牽絆地活在這裏。那些藍色的、白色的小藥丸終歸沒有辦法療癒妳，就像所謂的真理療癒不了深陷生活泥潭的自己。

然而我總是覺得我們似火燒着般的生命不會輕易被生活的水潦撲滅。穎穎，即便我們每個人選擇的道路不同，面對荒謬的生活，又怎能輕易去指責誰的道路不正確呢？或是接受荒誕現實然後逃避，與其說是怯懦倒不如說是大失所望之後的無可奈何；或是把希望寄託於來生與神靈，用更大的不確定性來嘗試擺脱生活的不確定性；或是用最為辛苦的方式——反抗，在無限的荒謬中做無限的反抗，被打垮仍然再戰鬥。從前我覺得最後一種有英雄主義的悲壯之感，是最為偉大的選擇。可是現在我不確定了，在他們不斷消費着歌頌英雄後，難道讓普通人成為英雄不是這個時代最為荒謬的事嗎？穎穎，我知道妳一次又一次地經歷氣憤與失望後慢慢走向第一條路，而我因為不斷試圖從中掘出希望在走着反抗之路。可妳不必愧疚，我們沒有對錯。

穎穎，我們一生，要跋涉多少流放之途，捱過多少分離之苦才能去往自己的迦南之野，然而終其一生我們獲得的實則只有認識與記憶。樂觀與悲觀、反抗與接受有時候約莫不再是反義詞而是生活之下的因果吧。妳記得嗎，讀至《鼠疫》最後，望着那一行「人的內心裏值得讚賞的東西總歸比應該唾棄的東西多」時我倆曾一齊濕了眼眶。時至今日，我仍然相信着這一點，即便這一場災難中我們已經見到足夠多的惡，即便我們想呼出聲音卻被扼住了喉嚨。

里厄說：「我對英雄主義和聖人之道都沒有甚麼興趣，我感興趣的是怎樣做人。」穎穎，那我們不如接受自己內心或是值得讚賞或者應該唾棄的東西，然後做個真正的人，這或許便是療癒的開始。

# 正軌

黃境檸
城市文學獎 2022 大專微型小說組推薦獎
香港城市大學中文及歷史學系文學士（中文及歷史）

一、

觀塘九巴撞欄釀 3 死 8 傷　司機送院不治

二〇二一年十二月二十日　22：43

觀塘道今（20 日）晚上近 10 時發生奪命交通意外，一輛九巴懷疑失控，脫離軌道撞向欄杆，導致翻側，造成 3 人死亡，8 人受傷，司機送院後證實不治。

二、

十二月十七日　星期五　晴

今日老師問我長大了想做甚麼。我話我想做司機，爸爸都是司機。昨日爸爸話下禮拜會返來同我地食飯，媽咪會買肉食，我好開心。

十二月二十一日　農曆十一月十九　冬至

購物清單：

☑蘿白

☑腐竹

☑肥牛片

☑豬肉片

☑魚皮

☑豬肉丸

☑芝心丸

☑墨魚丸（少量）

☑魚皮餃

☑芽菜（綠豆）

「鈴鈴鈴鈴鈴 —— 鈴鈴鈴鈴鈴 —— 」

三、

2021 年 12 月收支記帳簿：

之前存款（銀行）：384,000 元

收入：

12 月 2 日 薪金及獎金：15,943 元

12 月 30 日 一份錢：153,052.8 元

支出：

房租：6,200 元

水電：1,032 元

伙食：2,969 元

交通費（預計）：0 元（之後約 230 元）

雜費：260 元

上網：1,500 元

餘額：3,982 元（不計那份錢）

*備註：要盡快搵工、預交通費增加、伙食費減少*

來年 1 月的暫定待辦事項：

☐見工（約在 25 號）

☐聯合辦事處填火葬申請表（約在 11 號）

☐入境事務處生死登記總處領死亡登記證明書

☐交白事相關費用：目前約4,270元（成人火葬、暫存骨灰、龕位的使用……）

☐去九巴公司領取長期服務金

☐法庭相關事項

☐律師所（約在25號）

☐醫療費及賠款

☐請公司文哥文嫂食飯

3C班　班主任黃老師：

本人吳思慧是3C班的家長。敝子弟梁靜雯（學號：15）因生病發燒未能返校上課，現特函向貴校請假，由2022年1月10日（星期一）至2022年1月11日（星期二）共2天。敬希批准。

家長

吳思慧　謹啟

2022年1月10日

## 四、

電話中傳來一陣哭聲。文姨打來的。

過了一陣子，我掛掉了電話。

這個脫軌的世界。

女兒正好走過來。

「怎麼了？」我問。女兒不知為何打了個哆嗦。

我馬上緊張起來。「沒事吧？」說完，我伸手探一探她的額頭。

她躲開了。我忍不住皺起眉。

她連忙擺擺手。「媽，我、我沒事。」她的嘴唇囁嚅了幾下，才開口：「我以後不做司機了。」話音剛落，她刷地緊張地抬頭盯着我。

我滿足地笑了。欣慰地摸了摸女兒的小腦袋。

至少我們家在正軌上。

沒有脫軌。

……才沒有脫軌 ——

# 深水涉 x 恐懼

鄧雅倩
城市文學獎 2024 大專散文組推薦獎
香港城市大學文學士（媒體與傳播）

那是一個很黑的天，濕漉漉的馬路瀰漫出深藍色，打濕了記憶。那年我十五，第一次長居香港。

我對於我的未來，與當下那時的目的地都是稀里糊塗的。只知道我即刻離開一個充滿打罵聲的家，前往一個新家，在香港的某個舊區，有母親的新男友。但我想，還有甚麼比住在一個破碎的家更糟糕的事呢？至少那一刻，我還沒有甚麼值得恐懼的。

推開汝州街的 419 號金屬大門，一股尿騷味措不及防地鑽入鼻腔。沿着一條佈滿霉點的樓梯爬上去，沒有燈，再爬多一層，也沒有。只聽到一聲模糊又低沉的男聲傳來，周圍才亮起了溫黃色，一閃一閃的。母親跑過去撲進他胸膛，緊緊抓住了男人的短袖，捏出緊密的褶子，好似在一片無盡茫然中終於抓住了甚麼。我如一個局外人站在後面望向他們，心中湧出一股陌生，流向前方，卻終聚合於一條平靜又淺薄的河流，激不起一點波瀾。

新家算不上新，更算不上家。打開木門，是一個客廳，四個陌生面孔面無表情地抬頭，再低下。正如我打開再閉上的嘴唇，準備良久的笑容也派不上用場。再打開一個門，才是我們的「家」。我在這長方形中來回打量，試圖攤開手中笨重的行李箱。朝床那面打開，箱子只有一半能貼在地面，另一半則與地面呈直角，搖搖晃晃地立着；朝門那面打開，箱子雖是勉強平攤於地面，人卻沒有絲毫立足之地了。箱子落地的聲音似乎吵到了隔壁，劇烈不斷的敲打聲從薄層木板的另一邊傳來，彷彿下一秒那手就能鑿出一個洞來，將我的脖頸死死捏碎。我猛打一激靈，這突如其來的惡意將我與身邊的時間暫停，呼吸也暫告一段落，然後就演變成一場詭異的死寂。慶幸的是 ——外面很快又響起了窸窸窣窣的談笑聲，我重新聽見自己心跳的聲音咚咚地在胸腔內鳴響，被冷汗浸濕的後背傳來陣陣涼意。雙手顫抖着爬到雙層床的上鋪，腳掌對着的地方就是裝着鐵欄的窗，只能透着碧綠窗貼被不知誰扯下的缺角看向外面。外面沒有月亮，沒有星星，只有一個破舊平台，上面有細小的黑影貼着牆角移動。在那一個疲憊又危險的夜晚，我甚至忘記了自己是否入睡過，只記得頭上忽明忽暗的鎂白管燈，隔壁此起彼伏的呼嚕響，與門外麻將碰撞的清脆聲。

一切都彷彿在步入正軌，我的轉學重讀手續被很快批下，我也正式成為駐居深水埗的一員。漫步於街頭，密集的人流湧動，或深或淺的膚色，肆意佔領街道的攤位，無一不在訴說這個城市的生活面貌。可對於我來說，這種面貌是極其陌生的，我的根基並不扎根於此，口中吐出的語言在此地格格不入，因此對每條街道的名稱、出向、紋路與質地一無所知。我只知道，我住的像鳥籠似的家學名為「劏房」，而深水埗這一區是一個名副其實的貧民窟，這與我想像中的生活相差得過於遙遠了。每當新認識的同學掛着友善的面孔詢問我住哪裏時，我僅存的一絲尊嚴賜予了我面不改色撒謊的力量：我住在深水埗一個屋邨裏。

我的青春期其後便一直瀰漫着一股股淤泥的味道，從那條腌臢的後樓梯到所有樓宇的背面，延伸至那個無人打掃的平台。那股淤泥的味道帶着一種既青又綠的黑色從天上遮蓋到地面，走在其中，好像渾身的毛孔都被其浸透。深水埗街頭也有它的獨特味道，而這沿海城市潮濕多汁與長年炎熱的氣候更是為這「佳餚」添一分特色。每次從地鐵站口一出，從右腳踏入鴨寮街開始，就能聞到一陣陣垃圾發酵和無人認領的狗屎味在空氣裏翻騰，這是開胃前菜。往裏走走，煙味、汗味、油膩味、濃郁到令人作嘔的香水與除汗劑味在人群擦肩而過間迴蕩，我稱之為正餐。而後，當經過不同的街舖，可能會聞到舊書店老得發霉的味道、水果的腐爛味、大排檔的油煙味、廉價皮包店的人造皮革味……為隨機的餐後甜點。可我深知這頓飯是必須下肚的，至少現在我還沒有能力猛地站起來掀翻桌子怒斥廚子的不公道，於是在必要時候屏住呼吸是我僅剩的能改變的。

新生活的開始有沒有更好呢？我總是深思這個沒有答案的問題。「離開一個破碎的家，母親帶我來到香港尋找心之所屬。」我的作文是以此開篇的，題目叫〈記一則幸福的事〉。家是溫暖的港灣，至少小時候的記憶中母親與父親還是會在合照時瞇眼笑着，只是不知道哪一個節點開始分叉，一切就走上了另一條軌道。可記憶好似被時間與距離沖洗得更徹底了，我甚至無法描繪出父親具體的五官輪廓，只記得他把騎單車摔倒而嚎啕大哭的我抱在懷裏告訴我「不要怕」，這平凡的一幕莫名其妙地就刻了在腦海裏。現在的家像是被命名為「愛」的膠紙硬粘在一起的合照，作俑者卻忽略了其大小尺寸與顏色都不一致。那位陌生叔叔笑得很牽強，從我第一次見到他便明瞭，因為他眉頭皺得像母親用力揑出的褶子。他為母親口操普通話而不齒，害怕別人發現他有一個踏入青春期的「女兒」，恐懼別人的嘲笑與評論，因此總是以沉默對着這個家。家裏失去了兩個人的爭吵聲，變成了我母親一個人上演單口相聲。吐不盡的心酸、埋怨、苦難從她嘴裏流淌，流到我的房間、客廳、每一個租客的耳裏，直到這個微小的容器再也承載不住，就化成成噸的淚水噴湧出來。初始我會心痛於她的經歷，後來我開始惱怒，抱以諷笑的目光看向母親日復一日的表演 —— 她不管不顧奔向所謂的愛情，將我扔在這一個充滿貧窮、惡臭的家，與不愛她的「聾啞」男人同床共枕。但現在我只覺得瑟瑟發抖，我望向那哭泣的面孔，上面有着與我相似的五官，我骨子流淌着她的血液，我的未來與愛情是否也會與她重疊？那一刻，體內燃起一束火花，沿着冰箱門的吸吮聲、拖鞋摩擦地板的沙沙、熱水壺開關的咔噠聲燃燒。這些雜響混雜着母親的哭鬧讓人後背愈發灼熱，順着衣袖滑到前胸，再上升到鼻孔裏，變成讓人厭惡的焦慮感。

我被這灼熱燒得渾身顫抖，再也忍無可忍地大聲吼了出來，推開門前的母親逃離了這個家。佇立在街道正中，想起電影《寄生蟲》裏的一幕：朴社長的兒子發現，傭人身上的味道相同，「這是半地下室房間的氣味，要離開這裏才能擺脱那個氣味」。我的額頭滲出密密細汗，急促喘氣以試圖熄滅體內的火花。每次閉氣前，都要深吸一口氣，然後雙腮微微鼓起，呼氣，來回循環。可我實在是太厭惡這熟悉的惡臭，於是幾次嘗試略去深吸的步驟。過了兩分鐘，渾身便像被無形的手拉往淤泥之中，身子也無意識地下沉，眼前景象開始模糊，直到瀕臨缺氧的求生欲將我拉回現實。那一刻，我大口大口地吸入空氣中的氧氣，一切味道都不再被鼻腔內的神經元敏鋭感知與辨別。霎那間感知到深水埗空氣之清透，滑動之迅速，每一次飽滿地吸入與呼出都是大自然的恩賜。

母親慌亂從樓梯口衝了出來，第一次這麼緊緊地用雙臂捆綁着我，五官扭曲的臉上不知是掛着未乾透的淚水或新滴上去的雨水，口裏重複念着甚麼。那一刻，一切的喧囂被壓實在雨滴墜落下，只聽見雨聲、風聲與呼吸聲。我卻久違地笑了。

# 我與麥當勞

陳奕芃
城市文學獎 2024 大專散文組冠軍
香港城市大學中文及歷史學系文學士（中文及歷史）

記得小時候總想吃麥當勞，但是沒有錢，只能等媽媽心情好了給我錢買。比起每天吃膩了的白米飯，鹹魚肉餅，還有水煮波菜，麥當勞的炸薯條和漢堡包總是那麼誘人，想來便有那種炸物香味。除了薯條漢堡包，雪糕也是我的最愛。那時一個雪糕筒只要2元，零丁小數，在家裏隨便就能撿到。湊出十多個毫子，除了被收銀員皺皺眉頭外，就算搞定。看着職員姐姐把順滑的雪糕一圈一圈擠出來，最後以一個小彎鉤收尾，這個過程總是充滿期待。等到雪糕遞到手中，舔一口，那種香醇的奶香味，是我童年最難忘的味道。

不知從何時開始，麥當勞對我來講變成了做功課的地方。大約是小學的時候吧。因為家裏地方小，開冷氣又怕電費貴，所以就會被媽媽帶到麥當勞去。那裏又涼快又大，而且就像媽媽說的：沒人趕你走，因此隨便找個角落便開始做了。數學作業攤開，英文默書攤開，寫字簿攤開，然後一個被人指指點點、罵罵咧咧的下午就這樣過去了。有時有人開生日派對，我的地盤就岌岌可危。因為怕人覺得我沒買東西，所以就會拿杯水或者雪糕筒裝裝檯面。看着那些小朋友帶着王冠，捧着氣球在那邊嘻嘻哈哈，我很羨慕。那時總是想，如果哪天能被人邀請去參加也好，不過這個願望始終沒有實現。

除了做功課，麥當勞也是我的避難所。每當我遭了難，例如考試不及格，抄功課被老師發現等等，放學後我就會鑽進麥當勞。因為一回家，難免要被藤條伺候。但這哪裏逃得過媽媽的眼睛，晚上發現後即刻捉拿歸案。問我，老是去麥當勞做甚麼？我説買東西吃。其實我是沒有錢的，但媽媽總會在此時怒道：麥當勞的東西不健康，你別想再去吃！接着便回到正題。我只暗笑，説是這麼説，但每當沒煮飯時，第一個想到的，還是麥當勞。

到了小學三四年級，我的豬仔錢罐也算有點儲蓄，就偶爾和好朋友去麥當勞豪一把。買個巨無霸，shake shake 薯條，加菠蘿特飲，邊喝嘴巴也嚼個不停。最經常就是在那邊聊八卦，誰喜歡誰，各班的風流韻事，愈講愈起勁。我們還起了一個四人姐妹花小組，一起聊天做功課。那段日子是天真快樂的，特別是小五六，溫習也有人陪伴。不過，隨着呈分試後各奔東西，四人小組也名存實亡。就像我的童年一樣，是瘋狂而短暫的。

中學之後，我搬去了九龍的家，那裏樓下也有個麥當勞，不過小一點。青春時期總是格外躁動，磕磕碰碰不少，煩惱傷感也不少。在學校追不上功課，在家裏和大人冷戰，整個人染上了一種憂鬱的氣質。不愛説話，不愛動，和小學完全兩個人。所以比起學校附近吵嚷的麥當勞，我更喜歡家樓下那個。那裏沒有熟悉的人，我可以一個人在角落裏做功課、滑手機。時間久了，還和收銀姨姨混了個面熟，看到我買餐就知道我要魚柳包加熱奶茶。

也就是在那個時候，我開始留意起了麥當勞的音樂。雖然小學時也知道麥當勞會播音樂，但嬉笑玩鬧總是蓋過了這些 bgm，顯得很沒存在感。可是當我一個人靜靜地坐着時，這些音樂便格外「入耳」。我發現，麥當勞幾乎甚麼歌都播，粵語歌、國語歌、日文歌、英文歌，都是近幾年流行的。印象深刻的是 AGA 的《一》，相信去過麥當勞的人都多少聽過。英文歌也不錯，因為聽不太懂，所以不會像粵語歌那樣朗朗上口，比較好專注。一直到中五六，我都是那裏的常客。這時的麥當勞是寂寞但也是充滿聲音的。

文憑試之後，我在家無所事事，便被媽媽催着找工作。去哪裏好呢？沒有成績和工作經歷，遞了很多申請也沒有回音。最後我想起樓下的麥當勞，打電話一問人家便要。我去了，經理叫我做廚房。換上一身黑圍裙，帶上 M 記帽子和口罩，就變成員工了。這一切，想來還是有點不可思議。以前都是吃漢堡，第一次做漢堡給人吃，不知道會怎麼樣。

不久我便發現，櫃檯前和櫃檯後，是兩個世界。

經理先帶我到一個大煎爐前，示範如何煎肉。看起來很簡單，只要把食物放在鐵板上，然後按下綠色按鈕，煎爐就會蓋起開始煎。但當我真的去做，就知道不容易。因為爐具很燙，所以把食物放上去時要很小心。時間一到，就要及時鏟起，不然肉就老了。這個過程是緊張的。這麼多肉裏，肉餅最好鏟，豬扒、雞扒也還好，就是愛黏底。安格斯牛扒最難，油經常彈得雞飛狗跳，還要往上面撒香料，所以手臂難免要忍一忍。除了煎肉，還有刮爐、去冰庫拿肉、擦桌子等工作。一天下來，總不免腰酸背痛。

有時因為累所以偷懶，會被經理説兩句。本來我還很不開心，但我發現大家好像都有被説過，甚至經理本來也是這麼被説過來的，也就習慣了。日子久了，我也慢慢熟能生巧。經理看我還算遊刃有餘，就讓我繼續學炒蛋，焗 muffin，炸雞翼雞髀麥樂雞等等。而通過閒時的觀察，我也有接觸到其他工作。

例如收銀就是個考究活，要面對形形色色的顧客。有些顧客來了不知道叫甚麼，就不停問問題，要逐一解釋清楚。有些顧客叫了又想改，就得重新來過，只能心裏講粗口。有時收錢慢了或找數少了也會受到眼神的責難。

還有收盤工作，要有一雙火眼金睛。捕捉到吃剩的餐盤，便要去收拾。哪處小朋友撒了飲料，就要拿地拖。而收盤之外，不時在椅子、桌子上出現的無人認領的包包也是服務對象，要想，是再等一等，還是收在庫房裏。

我才發現，櫃檯後的世界原來這樣艱辛。不論哪個工作，都有許多學問。而且身為員工，看顧客的視角是不同的。你會發現，有些人似乎天天來，一坐一整天。也有像我幾年前一樣做功課、滑手機的。還有聚會吵鬧、打情罵俏的。人生百態，就在這樣一個小小的餐廳裏。

總的來説，麥當勞的工作十分充實。不過我總歸不是吃苦耐勞的人，工作時間長便偷懶喊累，所以上大學前就辭去不做了。

上了大學後，我去麥當勞的機會也少了。偶爾過去，看到推出了某某組合的聯名產品，總暗暗感嘆麥當勞的與時俱進。從小時候的哆啦 A 夢，玩具反斗城，到 minions、角落生物，再到如今的男團女團。我覺得應該沒有哪一家餐廳，能這麼照顧食客的喜好。而且每季都換菜單，怕客人膩味。雖説是飢餓營銷，但十分管用。我最喜歡的是夏天才有的菠蘿蝦堡。

有時我會帶上電腦，去那裏做做鍵盤俠。清潔姨姨見我湊着熒幕看東西，便問我窗簾要不要拉起。我其實喜歡暗點，但不想拂了她的好意，便説好。然後她問我「食完未」，我點頭。可能是因為當時店裏沒有甚麼人，她早已等了許久，臉上於是露出了笑容。看着她把我的一堆狼藉拿起走向垃圾桶，不知為何，那一瞬間，有種莫名的感覺湧上心頭。

現在麥當勞一走進去，就看到幾個熒幕立在那裏。人們在上面劃劃點點，然後付款點餐。小時候那種大排長龍不見了，就連收銀姨姨也不知所蹤。所有東西都在往智能化、自動化的路上發展。不用拿着錢點餐，倒是省事不少，但總感覺少了點甚麼。想當年我在廚房做的時候，總是嫌煎肉辛苦，步驟多，而且還容易被油攻擊。我總在想，這簡直不是人做的，應該是機器做的！

但真的到了未來，一進店，空無一人。沒有收銀姨姨，沒有清潔姨姨，沒有櫃檯後面忙得熱火朝天的麥當勞員工們。煎肉、炸雞髀、裝飲料、炸薯條前面的人，全都變成了冷冰冰的機器。想吃甚麼，按一個鍵，這些機器便開始哐哐哐地動起來。不一會兒，就送出一盤熱呼呼的漢堡。

這是種甚麼滋味？

如果是我，拿來咬一口，或許味道還是那個味道，卻沒有那種溫度了。這種溫度説不上來，不是三十度、五十度，而是一種回憶中的溫度。就好像每天都會過去一樣，那種逝去的溫度，也只有在腦海中追尋了。

多少次，走在夜晚的路上，看到遠處的麥當勞透着黃黃的光，頓時有種溫暖的感覺。想起在這裏做功課，聊八卦和打工的點點滴滴，不禁充滿感慨。麥當勞伴隨了我的成長，也見證了時代的發展。所有的念頭，都在那淡黃的光暈中，難以言盡。有點餓了，我想去買個包吃。

# 斷枝

甘文駿
城市文學獎 2024 大專小說組冠軍
香港城市大學中文及歷史學系文學碩士（中文）

## 銅

阿公自家住老屋，走前跌過一跤，穿心穿肺冇對別人講過，睡足幾日又好似無恙，不過為自己打點起後事。染髮、拍烏白大頭照，開靚衫，花紅柳綠，執拾好、分別好。提腳鋤去鋤村長人頭。有人追上門，見他企橫枝豎架雞棚上，拿油亮亮兩面黃銅鑔，弓腰企穩拔喉嚨唱歌仔。「喏也 ——」，起頭大鑔平擊，聽得人打尿震，歌仔唱「腳畜飛枝變伯勞，高子樹上結石榴」，且歌且擊，「伯勞話多因嘴死，石榴斷枝緣籽多」！磨敲切顫，訇訇聲響，開閣裏見他似笑像哭。來四五隻男子才揿住他，喊隔籬屋人家聯繫外地子女。

阿公不知是真瘋假癲，嚷着尋以恆。阿婆從細姑家趕回，像哄細佬哥等哄他，請得醫生，後來又請伯婆來做好事。人回得齊整，蒹密企定定。阿公對細姑尾叔講，阿妹，唔好咁樣苦啦，陪我走，伶伶俐俐得咯！伯婆撒一把穀米，燭臺明滅，煙頭瀰逝。伯婆舞起，吟哦唱喏。知他唔清醒，阿公被扶到雕木板花大面床，挾一床竹青涼席，蓋白花花軟線大棉胎。阿公又起身，眼視一周，子孫滿堂。高衛健心虛虛，眼濕濕，伏頭望床底塑膠溺壺，旁四腳朝天睡一窩大鐐細鐐。他樣樣都想不起自家阿公做過這行當。老人大喘，痰聲如淹雷打浪。阿婆伸手去拍他後背，人皮鼓一樣，鼓動三響，阿公就唔聲咯。

山也唔聲，水也唔聲。老屋裏自家人哭作一團。

## 手稿

二〇六三年春天，屋外如菏澤，深一腳，淺一腳，萬方水聲。高衛健正在屋內整理自己的書架，無意翻出一本小說手稿，未有名目。只署名管紫娟，像聽誰提過，是港台作家？印象裏筆調應其名，是娟麗秀美那類，卻死活對不上作家的樣子。書的封面印有配圖，是幅木刻版畫：一隻蛇怪大張其口，死纏一具赤裸男體。男人雙臂抵住那白齒，表情勇勐。也不知是刻意，還是謬誤，畫中男人的指公多出一隻。高衛健翻到最後一頁，故事末尾被鉛色的波浪線牽引着：

> 他把腳伸出蚊帳，如紗的簾帳垂在腿肚子上，彷彿將一套婚紗穿在身上。他為祖父和父親立了墳墓。蟬鳴如潮如湧，他終於停下一切工夫安然躺在這裏。簾帳因風浮動，流着熱汗的男孩當了一晌午的新娘。

厚厚一本手稿就此打住，竟這樣暴烈卻哀婉的。高衛健大概猜出原委，應是些性別錯置的故事。他用自封袋把書裝好，顫巍巍地將其納入書架上層。他往後退了幾步，退到書房門口，直到踩進水裏。這面塘泥淤塞的書架讓他望得出神。一個人的名字騎着水花騰起，「吳子」，用客語說，意魚。這是他的綽號，吳子好像姓班，也可能姓藍，記不得了。高衛健感慨自己老得糊塗了，母親的樣子也在慢慢淡忘，更何況是這個久未謀面的。最後一次見到吳子是甚麼情形了？

## 母親

二〇二二年十月，高衛健恰好完成了自己第一部小說的創作，也計劃和妻子移民澳大利亞。母親對此沒發表甚麼意見，轉頭卻打電話給大姐和二哥。在給大姐承喜的電話裏，她抱怨自己近來忘性大了，明明是下樓倒垃圾的，又把垃圾給提了回來。二哥承安的電話是侄女接的，母親問孫女這周末要不要來找奶奶玩，讓你爸爸開車送你來，二十分鐘，帶上作業，不耽誤做功課的。高衛健聽出了母親的態度，在陽台抽着煙，這邊承喜又打來電話。高衛健說，媽沒事。她唬你的。沒讓她去倒過垃圾。都是倩倩去倒的。改天看看，改天看看。才掛下電話。

這座南沿城市陡然轉冷，風在樓間摩擦着牆體，手上的煙也燒得更快一些，待在陽台的理由化成斷續的白煙，往風去的方向散佚。

夜裏，高衛健打算和母親好好談談，母親先是否定了一同移民的方案，接着又否決了住進大姐或二哥家。母親說，老屋修修整整還是能住人的。高衛健以為母親在開玩笑，母親說，你不是問我意見嗎，這就是我的意見。承喜、承安聽說後是極大的不情願，母親說，修房子的錢你仨平攤，哪個部分不夠了，用我養老金補上，就算不是為我，也是為你們。幾人就這樣奔碌了數月，當地的堂叔也幫忙聯繫好了施工方，隨時可以動工，只是需要回地方一趟，走完剩餘的手續。

高衛健臨出發前，母親突然叫住了他。她隔着半敞的車窗，說，我夜裏會夢到你，阿健，夢到你回來不知道到哪裏尋我。頓時四下寂寂。

「我醒來會怕，怕你出去了就不知道怎麼回來。我怕你找不到媽媽。」

高衛健把車緩緩開出車庫，眼睛彷彿沒能適應外頭的亮光，皺眉眯着。他把車暫靠在路邊樹下，拉上車窗和手剎，熄了火。怎麼會找不到呢？他心裏想。怎麼就找不到呢？鼻頭一酸，才啞啞地哭了起來。

## 老屋

老屋地處粵東北，背靠鍘刀山，門朝斷頭溪，先民就在這樣的環境裏起家，以求隅居避世。經年累月，老屋沒有想像中的不堪，腳下的土層被夯實得極其穩固。即使是在雨量豐沛的南方，地面不見凹陷，房體的構件也毋多殘損。唯獨一縱西房牆面潮潤得厲害，計畫推倒重建。主樓則需揭瓦重鋪，處置好屋頂瓦面滲漏的問題。部分桷板已然糟朽，植物附生，動起來也是工程。

在堂叔建議下，高衛健在鎮上的餐館訂好包間，請施工的師傅們過來吃飯。杯盞間，高衛健認出了一張熟面孔。堂叔說，介紹一下，這位是藍師傅。「吳子？」

「衛牯？」「原來是認識的！」「我早就認出來了，還以為你是你哥呢！」

一九八一年霧春清晨，老屋後山傳來悶悶幾聲槍響，伯勞擎上樹捋毛靜靜雞，烏嘴黑面騰起飛掠毛栗樹、蕉林、竹林、魚塘，新筍黏附艷紅福壽螺卵帶，因爭地被人拗折的指公像軟趴趴大肉蟲。烏嘴黑面對此種種前所未見。高以恆慌亂急腳從後山下來，彎折跑回屋，開門舌根發抖説自己殺了皖生。阿公阿婆大畏，讓他打直條舌嫲再講。他説自家外出打鳥，懵懵試了槍，誰知打出窸窣動靜，等他湊近去看的時候，人已經冇了。高以恆拾拾執執碰倒阿公的銅鑼鑔鼓，碰得十里八鄉顫驚，阿公撳心肝罵打靶鬼。天公爐的香折下來半根，阿婆背朝眾人虔誠跪拜。高以恆帶自家妻小逃虎門，那以後再也無音信。

高以恆是高衛健的二叔，老高家二兒子。藍皖生是吳子的父親。彼時吳子尚在腹中，未曉悲切，高衛健則一歲有餘，似乎看懂家中變故，哭了成朝成夜。兩年後，衛健的父親帶上老婆孩子們也離開了老屋，在廣州做起生意。

## 仇家

逢年過節，高衛健一家便回到老屋，與兩位老人團聚。藍皖生死後，藍家人拿到一筆賠償，吳子媽再醮，心裏想的無非是高家人害死了吳子爸，這點補償無濟於事。於是常把吳子趕去老屋，吳子懵懵然來，阿婆把他招呼進去。問他是否吃過飯了，吳子不聲，阿婆給他備上飯菜。一回生二回熟，吳子便逐漸來勤了，有時候會在老屋裏踅進踅出，似某種鼠類。高衛健也漸長，不知道這小孩甚麼來歷，阿公阿婆還處處護他寵他。一年春節，父母從廣州下來，給吳子也備了新衫新褲。

吳子的小臉灰撲撲的，汗涔涔鬈發貼腦門，哈熱氣，鼠耳朵透着紅，可見是剛在哪大洩精力。把他帶到裏屋換上新衣服，阿婆瞧見説，合身的，只是現在長得快，應該再買大一碼。大人們都説這個小孩生得靚，哥哥姐姐也過來打量。承喜驚叫一聲，轉眼功夫，見衛健騎在吳子身上，要去扒他的衣服。大人見狀趕忙制止，母親用力地拽着高衛健，說，你的還嫌少？

後來也有相似的，譬如高衛健會在飯後掌前院大門，見吳子要來便拿勺子敲擊鐵碗，遠遠地警告他。這招數用一兩次便不奏效了，那天吳子剛踏進大院，高衛健便衝上去狠狠咬向他乳頭。吳子嗚哇大叫，眼汁飆飆出，混亂中逃回家去，一連幾日沒敢來老屋。大人們沒有責罰高衛健，甚至連一句罵的也沒有。這讓高衛健不知所措。大人們似笑非笑四散，他寂寂坐在院前，細小的蟲類在他頭頂上如霧般聚攏，群飛。

次年暑假再見時，可以看出兩人都長高了。彷彿都換了人似的，只是各自頂着原來那倆人的名號，見面各自拘謹着。承喜說，來嘛，你們聊聊天。

## 聊天

陸續上着菜，也陸續冷了幾道。高衛健提了一嘴，魚翻個面。吳子說，我不好翻面的。片刻後眾人才聽懂，哄笑着，氣氛又才熱了起來。聊天裏得知，吳子成了一位瓦作工匠，老婆是東源人，家安在老龍，開了間水果舖頭，這幾年不好做，後來改成棋牌室，結果查得緊，又做不下去了。高衛健不時瞥幾眼吳子，看到他酒後的赤面，還是一頭的鬈髮，五官清俊，倒是聲音更洪亮了。

吳子問他，最近做甚麼生意？高衛健說，只是寫點東西，沒甚麼生意做。吳子說，寫東西好呀，我明白的，掙錢的呀。讀過書是不一樣的，我平時也會讀點東西的。高衛健問，你讀甚麼？旁人似乎是都休歇好了，想支開話題，頓時又鬧哄哄的，杯子碰杯子，杯子碰着筷箸，筷箸跌落地上，招手讓小妹拿新的。吳子與他隔了幾個位置，動了動嘴，聽不清講甚麼。高衛健也有了醉意，拿着酒走過去，扶在靠椅上，也沒再追究他剛才講了甚麼。吳子轉頭輕拍他大髀説，你寫的甚麼？高衛健説，小説，還在改呢。吳子咧着嘴笑，問他，你記不記得我以前讀書也很好的，放假來了我還要幫你看作業！高衛健也笑，哪能忘，你就是貪我番薯乾吃！好像覺着自己説錯話了，高衛健頓時慌了神，臉更紅了，不知道要説甚麼。吳子倒還是笑着，不在乎的樣子，問，你寫的小説能給人看的嗎？高衛健也是一愣，遲疑着，手裏的酒在杯中搖動，吳子沒再看他，只抬頭看着那杯酒，把吊燈的一束光收了進去：粉紅的沉渣，清黃的酒液，在一個極低的頻率裏波蕩起伏，像一潭子昏沉的夢，被甚麼東西照醒一樣。

## 玩伴

那日當晝，吳子外出割蘆，被蹦出來的高衛健嚇了一跳。高衛健拉着他走到溪唇，開始脱衣服，命令式地説，下水。吳子反應過來時，衣服已經被他打濕了。吳子半怒半笑地衝過去，大叫，你給我等着！

後來再有甚麼事，高衛健都會帶上吳子，甚至帶他到鎮上買冰棍吃。吳子則會叫上他一起去撿筍殼葉。再不情願，衛健都會跟去。他們像兩只小獸在田埂、村路上追逐嬉鬧。有時候也淡下心來，煞有介事地對坐在家門口的老桃樹下，把收集來的花草莖葉糅雜進一塊石頭的凹槽裏，再找一塊橢圓的石塊搗起來。去打聽一下，説是要製成一顆神仙丹藥，來復活吳子他爹。慈風永拂，有求必應！村長給阿公説，這倆阿貓阿狗封建迷信，不得的呀。阿公説，寧可信其有！村長悻悻走。只見他們倆人坐得直直的，誠心誠意地去完成每一道工序。吳子閉目靜坐，學人唱喏，土地老爺、關二公、下塘娘娘、觀音娘娘、玉皇公公、謝聖仙娘，拜請本壇列列神尊……高衛健覺着吳子像被仙婆嫲附身一樣，心尖也是軟軟顫。等熟悉了那唱詞後，才學樣合上眼睛。兩隻阿貓阿狗身後虛幻得如有漫天神佛，阿貓阿狗沒膽喘氣了，阿貓阿狗兩掌靜靜地攤，靜靜地合。伯勞烏嘴黑面地飛來，也企樹上靜英英。

不知過了多久，吳子給高衛健説，我爸要找一隻貓來託生，拿這顆回魂丹餵，我爸就回來了。高衛健不信他話，卻也漸眠。兩人找貓，其實心裏都早有屬意，直直奔去伯婆家，一個在明，一個在暗，明一套暗一套，暗裏的趁人沒察覺帶出一隻乳白色黑尾小貓。

## 遺失

高衛健說，小說手稿可以給你看，我好像也帶來了，只是我還在改。吳子說，待會兒和你到老屋看看。高衛健說，行啊，等你先吃飽。吳子說，你的手稿，我想看的，好歹我也讀過書，而且愛看小說你明白的。不過要是現在勉強的話就算了，真等出版了你告訴我名字，我上惠州去買。

高衛健說，我開車來的。不用，你是要在我車上讀嗎？不用買，到時候我送你一本。你會暈車嗎，只是我還在改，你不暈的話待會兒路上在我車裏看。吳子笑了笑，拿起自己的酒杯，朝高衛健的酒杯碰了碰，說，不敢喝太多。高衛健立馬弓下身，半蹲着。吳子便把手搭過去，說，你記不記得我們以前是很好的朋友。高衛健說，是很好很好的朋友。吳子默默無言，也不知他信不信這些話。兩人一飲而盡。高衛健望向吳子，突然又不敢看他，離着太近了，高衛健有些不忍心，不忍心見他老，不忍心見他過起了生活。

母親打來電話詢問，得知吳子也在，電話那頭的氣氛便活躍起來，也知道兩人都喝了酒，便請堂叔送他們去老屋。在車上，高衛健把手稿拿出來給吳子看。吳子看了一路。高衛健也看窗外景色看了一路，過龍母山的時候山牆石壁都快要貼臉上了，窗玻璃映着自己的神情。他其實有些顧慮，不知道吳子該不該讀自己的小說，或者自己該不該解釋為甚麼這樣寫，但又覺得他應該讀不到這麼後面的情節。

下車後，吳子開始嘔吐，堂叔打趣，看入迷了，暈車都不知道了。高衛健原本想聽一些評價，吳子緩過來，只説自己沒看懂，把書稿還給了他。隔天，等高衛健想改稿時，再也找不到這份書稿了。伯勞不敢多嘴，烏嘴黑面地飛走了。

## 幼貓

從山上往下看，倆人飛奔在村道上，十拐八繞的。幼貓似嬰孩樣啼哭。別把貓跑死了，慢下來！慢下來！吳子追在後面大喊。兩人急急走到老桃樹下，笑作一團。他們盤腿坐下，快好了快好了，我爸我爸我爸！高衛健抱着小貓，掐開牠的嘴，吳子要把那草糰子餵進去。不行呀，不吃呀，吃了會吐出來。硬塞會噎死的。那就等牠餓一會兒就好了。餓了甚麼都吃。

他們又抱起小貓，帶進屋內，對着貓是又摸又親的。小貓每每要爬走，就被提拎回原地。一來一回久了，也疲累了，高衛健打開鏡面對開花鳥蟲紋木衣櫃，拉開最底一層抽屜，把貓關了進去。會不會被悶死？吳子問。不會，養蟬都沒事。屋外蟬鳴如潮，絲絲拉拉。

「你說，你爸回來後，會給你說甚麼？」「我爸應該想知道我長甚麼樣，我多高多大了，我書讀得好不好，有沒有尊重老師。」「我是問你，你爸會說甚麼？他長眼睛，能看你甚麼樣。」「我爸說，兒子，脫褲子給爸爸看看，多大了。」高衛健要去扒他褲子，兩隻小獸拉扯着笑成一團。「我想看一下。」「你的也要給我看。」小貓在木抽屜裏撓心撓肺地叫着，抽屜外卻突然靜英英。

阿公推開門，兩隻銅鐐巨眼磨擊發出烈烈聲音。兩個小孩嚇得臉都發青，提起褲子，趕忙跑了出去。等再回來時，才想起抽屜裏的貓，拉開抽屜看卻是空的，伏在地上找，聞到一股尿騷味。高衛健站起身，用腳把抽屜猛力踢進去，卻沒踢出響動。

## 步槍

高衛健寫自己小說的時候容易往前想。那次姐姐把吳子帶到房間裏，他也跟來。承喜像擺弄娃娃一樣擺弄他們。不做反抗的，他成了小爸爸，吳子扮演小媽媽，實際上都是圍着吳子轉。紅毛巾裹在頭上，在收尾處輕柔地紮成團，便成了小媽媽的頭髮。吳子閉上眼睛，一陣酥癢的感覺滲進自己的脖頸和耳根，像誰對自己噴氣一樣。被褥一床疊上一床，圍腰間，披肩上，轉一圈，也是衣袂飄飄。紅毛巾上再覆一面枕巾，遮眼遮鼻。枕巾這頭繡着一對赤青色鴛鴦，那頭則是個囍字。要爸爸媽媽拜高堂、拜天地，最後才能掀開蓋頭。

有幾次承喜不在，他們倆人也照舊做起這遊戲來。他們去搬動房間裏的家具，依照自己想像的模樣裝潢。拉幾張椅子作為間隔，這是主臥客廳，還要有書房廚房。衛健帶着吳子一起翻箱倒櫃，尋找一切可供模擬的物件。

一隻木箱大張，塵埃在側窗的光線下被照得紛紛攘攘，木箱裏則堆滿了各類閒置的雜物，銅鼓鑼鑔、過期糖果、木雕八仙玩偶、絲巾鞋墊。他們把東西一件件擺出來，等拿出箱底的最後一件東西時，倆人都是心裏一驚。

那是一把蛇紋步槍，槍身由白樺木製成，泛着黃褐色的光澤，槍托上的一枚虎斑如蛇眼諦視，握手處繾綣着一抹防滑布，像要隱瞞甚麼秘密，卻欲蓋彌彰。吳子愣愣地盯着這把槍，那些紋路似乎仍有呼吸，他好像看到了自己未曾謀面的父親，看着他的屍首，不加腐壞地靜臥此處。

吳子緊張地看着高衛健，他不知道該做甚麼表現，彷彿如夢初醒，夢中虛影被他渡到了現實，投到自己臉上。他突然想到了哭，把自己撕開了來哭。他總是哭自己，卻沒給自己的爸好好哭一場。

哭聲引來了長輩，衛健聽見門被推開的聲音，又是嚇一跳。以為那槍上了膛，又或者扣下扳機，再或者已經打中了誰。等回過神來，他才發覺眼前這位玩伴打扮得非男異女。各類布料擁簇着他那張漲紅的臉，臉像半攏的掌心，掌心濕潤，淌着淚。

衛健罵道，哭甚麼，這有甚麼好哭的。又過去用力推了吳子一把，不許哭了！死乸形！吳子踉蹌踩在槍上，又被嚇一下，從被子裏掙扎出來，大哭着逃了。

## 尋回

阿公走前和高衛健打過電話。他是一位鄉村教師，平日裏得閒給人寫金銘石刻墓志銘，練百家書法，喝養生營養液。高衛健在起稿了自己的長篇小說後，把手稿寄給了他一份。那天夜裏接到電話，阿公在那頭訓斥他，你寫的甚麼東西？你夠膽寫甚麼？你書白讀了啊？你還寫你二叔在虎門？書裏這個虎門人是你二叔？高衛健禁不住這樣的指責，遂閣他電話。

接連兩天，高衛健一抽空就打開手機，在家用監控攝錄機默默看老屋客廳。通過監控，能聽見客廳的聲音，長按軟件裏的對話按鈕還能即時通話。這晚阿公早早洗過澡，先是熄了門廊的燈，抓一把藥，啜幾口水，準備熄客廳燈回房睡覺。高衛健開始昏神，在客廳變暗一刻，他按住對話按鈕，大唬一聲。監控死角處一絲微茫白光閃而不亮，高衛健眼見那灰藍色的人影在像素堆裏抖動了一下，微微傾側，跌入更昏沉的像素裏。

阿公走後，高衛健不敢再寫再改再看這部小説。同年，阿婆也過世了。父親曾不時回去打點老屋，也抵不住老屋的衰頹。多年後他才重新動筆，繆斯女神慨而慷。關於老屋的後來，就是我們知道的，經過一輪翻修，卻保不住新鮮。出國後，母親到底還是去和高承喜住了，沒人管老屋死活，更沒人記得高衛健那次來時揣了一部小説。好像老屋註定要湮滅的，好像高衛健這輩子註定與寫小説無緣的。

移民到澳洲的數年後，高衛健突然向家裏人打聽起了當年那把步槍的下落，卻無人知曉。那次他特意從澳洲回來找東西，裏裏外外翻遍了也沒找到那把槍。

他看着那隻花鳥蟲紋木衣櫃，突然想起了些甚麼。明知最底層的抽屜是不可能放下一把槍的，他還是吃力地拉開來，裏面安然躺着他那部小說手稿，封面附一張紙條，因潮捲縮成一朵漩渦。

一股令人不悅的味道突然襲來，高衛健循味而去，把整隻抽屜拖了出來。抽屜後面的夾層裏是一具森然獸骨。

## 尾聲

高衛健跑到屋外大口大口地呼吸着。適逢雨季，他望向瓦當與滴水，拉出一道道漂亮的水線。他打開那張紙條，上面寫道：

「知是你心血，但此事不宜再提。」

沒人注意到，院前的老桃樹死了又生，欲發新芽，彷彿多年前的那場禱告此時才應驗。

# 大雨、巨浪與錨點

黃境檸
城市文學獎 2022 大專散文組推薦獎
香港城市大學中文及歷史學系文學士（中文及歷史）

人從出生起，就在一艘船上，不管是一艘大輪船還是小艇子，為了冒險還是載客，終究還是航行在世界的大海上。大海中有漁獲有巨浪，這些都是突然的。一艘小艇總是很難在浪潮中存活，但若果知道有個最初的小碼頭，有着那幾艘小船在停靠，人會用力划動小艇，即使心中害怕，也要駛過撲面浪濤。因為意識到，有位置讓它落定錨點。

人不知道家在哪兒時，常常驚惶。那時，我們仍未找到屬於我們最初的碼頭。

媽媽說，我從小就是個膽小的人。

幾個月要幫我剪指甲時，抗拒得緊，總得趁我睡着才能偷偷地剪。一歲多搭電梯，還是怕得要死，總是哇哇大哭縮成一團。到了快從幼稚園畢業的年紀，跟着爸媽走路，途中發現跟錯人，淚水立即嘩啦啦地流下來了。

後來才知道，如果當時再向前走的話，抬頭一看，就會望見正在和售貨員傾談的媽媽。

那時候，我住在祥華邨，爺爺嫲嫲曾經的住址。

平日他們搬回內地的鄉下住，我們就住香港，方便上學和找工作。爸爸在內地照顧幾個月的妹妹，媽媽在香港考會計證，我在上幼稚園。周末的時候，爺爺嫲嫲有時會來香港和我們吃一餐飯，長一些的假期，就換我和媽媽回去，和爸爸妹妹團聚。

媽媽要上夜校讀文憑，在幼稚園接了我後，晚上有時會將我放在隔壁的梅姨姨家。我邊畫比卡超、砌七彩積木，邊等媽媽接我回家。那兒還有個婆婆，和嫲嫲是好朋友，常常去樓下打牌九，有時也會陪我一起堆壘積木、砌城堡。

只是有一天，婆婆在睡覺時死去了。

知道這件事的時候，我們剛搬出祥華邨。好不容易團聚的我們，終於有個完整的家。但是，心還未安定下來。

媽媽帶着我回到了祥華邨。我當然還是迷糊的，不知道發生了甚麼，只是發現不能在梅姨姨面前提婆婆。和梅姨姨告別後，回到家中，我才敢問媽媽婆婆去了哪兒。

她告訴我：「婆婆琴晚走咗。」

「走咗」？甚麼叫「走咗」？去了哪兒？為甚麼「走咗」？

「人到某一天就會死！」媽媽被我纏得受不了，還是告訴我說：「死就是不能再和親人在一起生活。」「婆婆到咗一定歲數而且又有心臟病，在睡着的時候走已經很幸福了。」

我坐在一艘不知不覺間已經在大海中航行的小船上，剛意識到，原來有一艘老舊的木船破了個洞，在一個夜晚，無聲無息地沉淪了。

我到某一天就會死掉。

死掉就沒有爸爸媽媽陪着我了。

極大的恐怖如浪潮般把我衝垮，怕自己會在下一秒觸礁，生怕自己會在今晚突然在夢中死去。我瞪着眼，不願睡覺。媽媽搞不清我在想甚麼，找來爸爸，他一臉頭痛地坐在我的對面。他和我都有些生疏，但究竟是爸爸。

「點解唔想瞓覺？」爸爸無可奈何地問我。我扁着嘴巴，眼中噙着淚。「嗯？」他溫柔地摸了摸頭。

我忍不住哽咽道：

「我唔想死。」

淚珠再也撐不住，嘀嗒嘀嗒地砸在椅子上。上下眼皮都快要黏在一起了，但我仍倔強地睜着眼，爸爸看到這個樣子，有些哭笑不得，他長吁一口氣，站起來，坐到我旁邊摟着我，輕輕地幫我擦着哭花的臉蛋。

我抽搭着，納悶地問他：「爸爸，你唔驚死？」

那時，他點了點頭說他也怕，然後說了些安慰我的話。

後來的記憶其實也不是太清晰，我獨獨記得很清楚一句：「無論怎麼樣我們都是一家人，會一直在一起，死的時候都會陪在身邊。」

應該是這句安慰了我，從此我的船有了一個小碼頭，有了一個安定的錨點。

即使駭浪拍岸，家就在那兒，有着爸爸、媽媽和妹妹。即使爺爺去世，嫲嫲隨後而去，我也不再恐懼死亡，只是感到悲傷。我明白，船一旦舊了就總有停駛的一天。

嫲嫲腿不太好，爺爺獨自照顧她，在我初中的時候積勞成疾，就走了。嫲嫲當然接受不了，在老人院輾轉多年，在我上中五的時候去了。嫲嫲喪禮倒是讓三兄弟的家庭，重新聚在一起，變得親近起來。每年的爺爺嫲嫲的忌日、清明重陽，大家都會回到祥華邨上香，趁機聚一聚。但今年清明沒去成。

猝然不防迎來了一場不停歇的雨，淅瀝淅瀝地下，大海中的船時有沉沒，香港就在大雨之中。

今年新年後，香港疫情嚴峻，新聞連連傳來糟糕頂透的消息。但當你以為不會有更差的時候，現實會打破你的想像。就像之前的人不會想到會有一場全球大疫症一樣，我們沒有想到戰爭會那麼突然發生，離得那麼的近。

從那段時間起，我總在做夢，有時化作在死去的老人，堆在病房內，有時變成與親人失散的人，被炮彈轟中。

更讓我睡不好的，還是爸爸説的一句話。

一天吃晚飯的時候，新聞說，現時隔離設施不足，有位患上病的婦人為了家人着想，謊稱找到房屋住，實質流落在街頭，險些自殺。

爸爸若有所思，說了一句：「如果是我，我也會這樣做。」

我心中一悸，急急問道：「認真的嗎？」

他竟然點了點頭。

媽媽和妹妹倒是沒有甚麼大的反應。

一陣潮濕的涼意順着脊椎鑽了上來，我口中的飯也吞不下去了，恍惚中扒了幾口，走回房間，閉上了門。我怕豆大的眼淚會在他們面前溢出來。

剛剛的我差點忍不住脫口質問：「你要拋棄我們嗎？」

你明明說過的，說過一家人死的時候都會陪在身邊的，今日你說要離開我們，明天我就會被拋棄——

我感覺到，在這場雨的侵蝕下，連接着錨點和船的鐵鏈好像有些鬆動。

我在船上望下去，只見深邃的海底，暗潮在下面湧動，隨時準備將我吞沒。在暴風雨中僥倖地從海盜逃脫，有個水手流淌着溫熱的鮮血，滲透了甲板。船還在搖晃得厲害，雨聲彭彭打在船身。船上物資已經不夠了。

身為船長的我必須捨棄他，卻遲遲未下決定。

因為我害怕，很害怕。

把他殺死後，也許在船艙的某一個不為人知的角落，尚有足夠把他治好的物資。我怯懦地想，暴風雨可能很快停，快到堅持多一會就能找到一個小島靠岸，上面有仁慈的醫生、溫暖的火爐和鬆軟的麵包。

痛苦的我想避開一種可能：

船很慢停，慢到把他殺死後，我仍要再殺死，最後再餓死。我忍不住悲觀地想，或許在我思考的這一刻，海盜們正追上來，在不知甚麼時候登上了船，潛伏着計畫要殺死所有人。

恐怕一個大浪快要捲來，捲碎了現在已經快要堅持不着的船，淹沒在深藍的海之中。

我再也不能支撐發抖的身子，咚的一下摔在地板上。身為水手的我倒霉地被海盜砍了一刀，腦子嗡嗡突突，臉貼着濕漉又冰冷的木地板，體溫流失，自顧自地顫抖着。等着那昏黃燈光盈盈映照下，都顯得陌生的面龐來決定我的命運。

我知道，我該開口，無論是證明我的價值或求饒，還是裝作大義的對船長說殺了我。但有些東西就是黏住了喉嚨，沒有力氣或不想吐出。

夢醒時的枕頭還有些潤。我不想成為船長和水手，不想我的親人孤獨地死去。

我起了夜，去了廁所，打開門出來的時候，我驚訝地發現爸爸坐在飯桌前，他睜開睏倦的眼，跟我說：

「坐過來。」

我無言地走了過去，他歎了口氣，冷幽幽的光踱在髮上，一絲絲的銀。他抬頭無奈地看着我，摸了摸我的頭，我覺得他離我很遠很遠，就像回到了剛剛來到這兒時的生疏的那一晚。

頭髮映照的光在我坐下來的時候晃了一下眼。

我眨了眨泛起淚花的眼，在水霧般朦朧中，他分明還是黑髮茂密的樣子，再抬手揉了揉眼，近在眼前的卻是半張沒入陰影中的、略帶不安的容顏。我難得地端詳起他的臉來，看着他眼邊棕色的一大塊老人斑。

啊。這一刻，我就這樣突然地意識到了。原來他已經知道了。

知道了他的船有一天會沉沒，無論是因為老舊、觸礁還是大雨。

原來他也在恐懼中沉浮。

我的心中浪濤已經開始慢慢地平復了下來。因為，我知道錨點仍然在那小小的碼頭。

但，爸爸呢。於是我下了個決定，伸手撫摸他緊握着的拳頭。

嫲嫲的忌日快到了——

「爸爸，今個星期六，我們去祥華邨上香吧。」

# 小偷

姚澄恩
香港城市大學中文及歷史學系文學士（中文及歷史）

從公司到巴士站需要經過一條行人隧道，我在某日凌晨一點半下班 —— 忘了說，我是一名記者，那天因為一則突發性新聞而加班，持刀案件報道已經寫了差不多一星期，還是會有零星冒出。隧道內部空無一人，廣告牌燈箱和塗鴉一如既往，抬首卻發現有其中一盞燈在眨。我經過那邊時一般不眨眼，所以能擔保那並不是我的錯覺，它在我頭頂滅一下、亮了，滅了、又亮了，重複兩次，索性就常亮着了，敬業得很，不過在我看來更像上課打瞌睡被老師叫起來的學生。

有個壞消息是，它徹底把我眨睏了，母親讓我深夜回家提高警覺注意四周，我卻像這盞燈一樣，偷偷眨了一次眼睛，這還是第一次。但走到隧道盡頭我已經感到啼笑皆非，直到現在我還在想，我是竊取了甚麼？是在瞞着誰？不過眨了下眼睛罷了，把自己說得像犯了法的小偷一樣，希望沒人發現之後在我母親面前告發我，免於接受家法制裁。

所以說，香港實在是個無比神奇的城市，城市人看上去光鮮亮麗，背地裏卻都在當小偷。

不是每個人都有當小偷的潛質，有的被逮個正着痛改前非，有的漏網之魚繼續偷雞摸狗。很多人認為這是一種頑固的惡習，習慣了就沒辦法改正過來，與吸煙喝酒齊平，但他們其實只需要一次機會就能改邪歸正。比如文憑試放榜把量產型小偷送進工廠，僅憑一句「你將來打算做甚麼？」就引發了思想的蝴蝶效應，試前讀孔子，試後成為孔子三省他身。他們把焦慮和成熟畫上等號，急不及待地說自己已經成為了大人，從頭檢視自己的夢想，讓自己脫離小偷序列。那些沒理想的小偷同步升級，按階級來算，大抵是犯罪組織中的人事部指揮官，不時嘗試拉攏其他小偷結社，成群結隊生活於城市的陰溝窄巷之中。

我是其中一位與那些宏大發言毫不搭調的小偷，撿走他們棄於一旁的生活，偷偷遠離了漩渦中心，把他們丟下的懶偷回來塞滿自己的袋子，他們注意到了卻沒有報警，只說我遲早會後悔。但人生幾何，又有誰沒後悔過呢？又有誰沒有成為過小偷呢？這句話就像是在進行「我沒說過謊」的自白一樣可笑。但人們卻只有在我偷竊時會指指點點，從來不會在我恪守本分的時候稱讚我，僅因本分是本分，一百分的卷子沒有做出一百二十分，怎麼值得他人讚賞？

我能夠理解，畢竟沒有人會在看到別人讓座時點頭或者鼓掌表示肯定，就算是當事人也未必會說出一句謝謝，更何況無關人士。反之，到有真的需要這個座位的「未夠秤」人士出現時，比如說我，偷偷摸摸走進閘門，蜷縮起身體在人群的縫隙中穿梭、從車頭走到車尾就為了尋找一個人不多的車廂。好不容易坐下了，抬頭就會看見拿着晾衣桿的老奶奶正盯着我看，盯得我渾身發寒，讓人驚歎這個偌大的世界容得下八十億人，卻居然容不下一隻地鐵上的蟑螂！我都要開始和家裏的同類共情了。

此時被眼神釘在座位上的我只有兩個選擇：立刻起來，或是對抗到底。但很快我就發現，看着自己的眼睛成倍數增長，而它們也總是誠實地分成兩種類：兩隻，看着我，但同時在滑稽地閃躲；三隻，看着我，多出來的一隻是相隔着玻璃的無機物。很簡單，我只要拿出比面前的老奶奶更需要這張椅子的證明，隨時可以扭轉局勢，不然群眾的審判會即時生效。他們將完美履行一善，暴露我的惡行，讓我的罪過銘刻於互聯網的滄海一粟，老奶奶也將取回她的座位。而座位上的我真真正正地成為了一隻老鼠，偷吃不成，倒也沒死，只是再也不敢回到這條窄巷了。

同是不問自取，搶劫犯和小偷不但不能和平相處，甚至還有地位之分。老鼠不禁想，人類真恐怖，在牠們經過的時候，都忍不住要來添上一腳。食物是人類以金錢買回來的東西，而牠們甚至連擁有金錢的權利都沒有，豈不是這世上所有的食物都不配得？那自然，連叫囂着公平的權利也不配有。所以來偷走些甚麼吧，在被老鼠夾抓住之前於街道上橫行霸道，至少偷走了屬於某些人的心態安寧，人類的驚慌尖叫雖然不管飽，但起碼令心情愉悅。

我能夠理解，實在愉悅！所以時至今日我依舊沒有改過自新，我留戀沒有陽光照射的一角，像是那條我必經的行人隧道，迴蕩的只有蕭瑟的風聲——沒有人、沒有刀、沒有搶劫，只有偷走了他人平素的一天的我，偷偷抓住了那盞偷眨的燈，邀請它加入我的反抗行列。累就睡吧，我和它說，下次就直接滅罷。若是有人想要把它換下來，我或許會繼續多管閒事，替它昭告世界：「它嘛，不過是剛偷偷打了個瞌睡，不犯法。」

香港城市大學中文及歷史學系
創系十週年叢書 12

# 城市微縮

香港城市大學學生文學創作集

潘步釗、陳志堅　主編

**叢書總編**　程美寶　陳學然

**責任編輯**　邢　婕
**裝幀設計**　簡雋盈　陳佩珍
**排　　版**　陳美連
**印　　務**　劉漢舉

**出版**
中華書局（香港）有限公司
香港北角英皇道 499 號北角工業大廈 1 樓 B
電話：（852）2137 2338
傳真：（852）2713 8202
電子郵件：info@chunghwabook.com.hk
網址：http://www.chunghwabook.com.hk

**發行**
香港聯合書刊物流有限公司
香港新界荃灣德士古道 200 - 248 號
荃灣工業中心 16 樓
電話：（852）2150 2100
傳真：（852）2407 3062
電子郵件： info@suplogistics.com.hk

**印刷**
美雅印刷製本有限公司
九龍觀塘榮業街 6 號海濱工業大廈 4 樓 A

**版次**
2024 年 12 月初版


**規格**
32 開（190mm × 130mm）

ISBN
978-988-8912-14-8